DOM BERNARD DE CABRERE,

TRAGI-COMEDIE.

DE ROTROV.

A PARIS,
Chez ANTOINE DE SOMMAVILLE, au Palais dans la Gallerie des Merciers, à l'Escu de France.

M. DC. XLVII.
AVEC PRIVILEGE DV ROY.

LES ACTEVRS.

DOM BERNARD DE CABRERE, fauory du Roy.

DOM LOPE DE LVNE, amy de Dom Bernard.

DOM PEDRE, Roy d'Aragon.

L'INFANTE, sa sœur, Maistresse de Dom Bernard.

LEONOR,	Maistresse du Roy.
IGNES,	Suiuante.
LE COMTE,	Cap. des Gardes.
PEREZ,	Secretaire du Roy.
LAZARILLE,	Suiuant de Dom Lope.

LE GOVVERNEVR DE SARAGOSSE.

SOLDATS. GARDES.

La Scene est à Saragosse; dans le Palais du Roy.

DOM

A
MONSEIGNEVR
MONSEIGNEVR
L'EMINENTISSIME
CARDINAL
MAZARIN.

ELEGIE.

OEVR du Dieu des saisons que la melancholie,
Dans le tombeau d'ARMAND, auoit enseuelie;
Et qui malgré l'éclat d'vn bruit doux & flatteur,
Ne pûs souffrir ton frere, apres ton protecteur;
Force enfin, ma Clion, cette douleur extréme,
Qui te le rauissant, te rauit à toy-mesme:

à

Et comme ſon treſpas t'excita cet ennuy,
Auiourd'huy qu'il renaiſt, reſuſcite auec luy.
IVLES heureux ſouſtien de mon ieune Alexandre,
Comme vn autre Phœnix engendré de ſa cendre,
Fait voir par vn merite égal à ſon renom,
Qu'ARMAND a ſeulement changé d'âge & de nom;
Ouy, du diuin ARMAND la haute Intelligence,
En IVLES meut encor le corps de noſtre France,
Souſtient encor en luy la ſplendeur de nos loix,
Rend encor noſtre Roy, l'effroy des autres Rois;
Deſſus nos ennemys gaigne encor des batailles,
Sous les herbes encor fait chercher leurs murailles;
De cent climats diuers fait encor les deſtins,
Maintient nos alliez & contient nos mutins;
Sous luy l'Aigle inexperte à deffendre ſes terres,
Comme deſſous ARMAND, laſche encore ſes ſerres:
Sous luy l'Eſpagne tremble & ſon Lyon rugit
Effrayé de ſon ſang, dont l'Ibere rougit.
Depuis qu'enfin du Ciel les bontés tutelaires
Ont mis entre ſes mains le timon des affaires;
Noſtre barque craind moins ny ſable ny rocher,
Que quãd le Grand ARMAND en eſtoit le nocher;
Et ſans ſe voir briſer, voiles, mats, ny cordages,
De touts ſes aquilons ſurmonte les orages:

Mais si les interests de l'Estat seulement,
En IVLES, ma Clion, te remonstroient ARMAND,
Et si les tiens encor n'y trouuoient ce Grand homme;
Ie te pourrois souffrir l'ennuy qui te consomme;
Et l'eminent éclat dont il est reuestu,
Ny le sort qu'il a fait captif de sa vertu,
Ny cet art qu'il enseigne aux puissances suprémes,
De faire sur leurs fronts briller leurs diadémes;
Ne deuroient ranimer ny l'ardeur ny l'espoir,
Que l'estime d'ARMAND t'auoit fait conceuoir:
Mais si IVLES par fois comme luy se delasse,
Des trauaux de l'Estat sur les fleurs du Parnasse,
Si sous luy d'Helicon les deux sommets sacrés,
Comme sous RICHELIEV, sont encor reuerez;
Et si i'ay merité qu'vn des fruits de mes veilles,
Sans les faire souffrir, ait touché ses oreilles;
Qu'auons nous plus perdu, qu'as-tu plus à pleurer,
Et quel sujet as-tu de plus desesperer?
Vient, il te souffrira la genereuse audace,
Qui te doit inuiter d'aspirer à sa grace;
Et i'ose, sans trembler, luy demander pour toy,
Vne protection commune auec moy Roy.
Mais reuerant les soins qu'il rend à ce grãd Prince,
Espargnons luy le temps de toute la Prouince;

Et ſi iuſques à nous il ſe daigne abbaiſſer ;
N'occupons ſon eſprit que pour le delaſſer.
Vn iour faiſons luy voir ſur ce noble theatre,
Dont nos fameux Acteurs font la Cour idolatre :
Son illuſtre pays, ſous Romule naiſſant,
Vn autre ſous ſon ioug le monde obeiſſant,
Tantoſt ſous ſes Conſuls ſa vigueur floriſſante,
Tantoſt ſa liberté ſous ſes Rois gemiſſante :
Auiourd'huy pour ſon vice, vn Tarquin déthrôné,
Demain pour ſes vertus, vn Trajan Couronné :
D'autresfois le grãd cœur d'vn Curſe, ou d'vn Sceuole
Dont l'vn ſe precipite, & dont l'autre s'immole.
Ainſi ſans ſe laſſer d'vn art induſtrieux,
Expoſons à Paris toute Rome à ſes yeux :
Cette Rome ſa mere en Heros ſi feconde,
Qu'il pourroit rendre encor la maiſtreſſe du monde,
Si ſon zele inouy, pour noſtre nation,
N'euſt honoré Paris de ſon adoption.
Puis quand laſſée enfin du trauail de la Scene,
Ta vigueur quelquefois voudra reprendre haleine,
Pour luy faire ta Cour, porte en ſon Cabinet,
Le diuertiſſement d'vne Ode, ou d'vn Sonnet ;
Ou touchant quelque traict de ſon merite extréme,
Et comme en vn tableau le monſtrant à luy-meſme,
Ce glorieux ſouſtien du thrône de mon Roy,
Se regarde en paſſant, & te voye auec ſoy.

Tu treuueras en luy les sujets les plus vastes;
Dont iamais nos Heros ayent enrichy nos fastes:
Tu peux sans le flatter prendre ces grands proiets,
Qui de tous nos voisins vont faire nos suiets;
Tu peux parler sans fard de cet esprit solide,
Dont l'aduis au besoin n'est ny lent ny timide;
Et par qui si LOVIS suit tous ses sentiments,
Nous verrons sous ses pieds les trhônes Othomans.
Tu peux tracer ses mœurs dans la mesme innocence,
Où le Ciel & la terre estoient en leur naissance;
Et sur tout ce portraict peut encor s'enrichir,
D'vne fidelité qui ne sçauroit gauchir;
Et d'vn zele si pur que la mesme imposture,
N'en ozera médire à la race future.
Oüy, IVLES, la vertu dont tu nous esblouys,
Fait autant prosperer les armes de LOVIS,
Que ce grand iugement qui iamais ne sommeille,
Et dans touts ses besoins l'assiste & le conseille;
Aussi par vn visible & iuste soin des Cieux,
N'ayant point de deffaux, tu n'as point d'enuieux;
La fortune pour toy sage & iudicieuse,
Perdra les noms d'aueugle & de capricieuse,
Et quoy qu'elle t'acquiere & d'estime & de droict,
Croit te donner encor moins qu'elle ne te doit;
Que dis je, te donner? si sa splendeur extréme,
Sa pompe, son pouuoir luy viennent de toy-mesme;

ELEGIE.

Si ses bontez pour toy sont tes propres effets,
Si tu luy donnes tout, si c'est toy qui la faits:
Et si par tes trauaux depuis tant de campagnes,
Elle triomphe en France, aux despans des Espagnes,
Fay luy sous l'estendard de nostre Potentat,
Acheuer tes desseins pour le bien de l'Estat.
Et quand la guerre enfin qui depuis tant de lustres,
Nous couste tant de sang, & tant d'hommes Illustres,
Par des euenements conformes à tes vœux,
Aura mis nostre gloire au poinct où tu la veus;
Pour comble des succés de ton soing salutaire,
Fay pour nostre repos, ce qu'ARMAND n'a sceu faire;
Et content des lauriers que nous auons cueillis,
Fay remonter la paix sur le trône des Lys;
Lors si la Seine encor me compte entre ses cygnes,
Et si de tes hauts faicts mes sentiments sont dignes,
I'épuiseray ma veine à te faire vn tableau,
Dont si l'antiquité veid iamais rien de beau,
Et si d'vn faux espoir mon zele ne me flatte,
La touche au gré de touts, sera si delicate,
Que qui verra l'ouurage, en loüera l'artizan,
Et qu'il n'aura riual qui n'en soit partisan.

ROTROV.

DOM BERNARD, DE CABRERE.

TRAGI-COMEDIE.

ACTE I.

SCENE PREMIERE.

D. LOPE DE LVNE.

LAZARILLE Valet de chambre.

D. LOPE.

ENFIN, chez Lazarille, vn plus heureux Genie
Nous va, de nos destins, forcer la tirannie,
Et ce bras l'aura mise au rang des ennemis,
Qu'au ioug de cét Estat ses exploits ont sousmis.

D. Bernard rend au Prince vn digne témoignage
Des fruits qu'à l'Arragon a produits mõ courage,
Qui fera succeder l'espoir que ie bastis,
Sur la destruction des Sardes déconfis;
Oüy, i'oze sur l'espoir que Dom Bernard me donne,
Pretendre à des degrés proches de la Couronne;
Et si l'ame est prophete en ses pressentiments,
De grands effets suiuront ces nobles mouuements;
Qui ne me flattent pas d'vne faueur commune,
Et me font deffier l'orgueil de la fortune.

LAZARILLE.

Le fatal ascendant qui gouuerne vos iours,
Sera donc bien changé, de ce qu'il fut tousiours;
Car depuis qu'à vos pas mon mauuais sort m'atta-
che,
Le malheur qui vous suit, n'a guiere eu de relas-
che.

D. LOPE.

Il est vray que iamais les destins rigoureux
N'ont rendu sous le ciel, de iours plus malheureux;
Et que touts les reuers du sort & de l'enuie,
Semblent pour seul objet auoir choisi ma vie.
Mes plus heureux succés n'ont iamais veu ce bras,
Sans me couster du sang, acheuer de combats;

Mes plus iustes desseins n'ont iamais eu d'issuë
Qui remplist mon attente, ou qui ne l'ayt deceuë.
Ie suis encor à voir le seul, & premier fruict
Que iamais, ou l'amour, ou le ieu m'ait produit.
I'esperois à la Cour, vaincre par ma constance,
De cet astre inclement la maligne influence,
Quand auec Dom Bernard, Catalan comme moy,
Ie veins auec mes vœux, offrir mon bras au Roy.
Et comme à la valeur, qui m'est hereditaire,
Chercher à succeder aux emplois de mon pere;
Mais tousiours quelque obstacle arrestant mes desseins.
Pour moy fermoit au Prince, & l'oreille, & les mains:
Au lieu qu'vne fortune à mille autres seconde;
(Mais à qui Dom Bernard, n'a rien qui ne rëpõde)
D'abord l'insinuant, en l'estime du Roy
Ouuroit tousiours pour luy, ce qu'il fermoit pour moy,
Mist bien-tost ce grand homme, au plus haut de sa rouë;
Et l'esleuant si haut, me laissa dans la bouë.
Enfin, ayant acquis, par nos communs tributs,
Luy de telles faueurs, moy de si longs rebuts;
Les Sardes reuoltez, nous ont ouuert la lice,
Où ie pouuois du sort affronter l'iniustice;

Et me le soûmettant, arracher de ce bras;
Les faueurs qu'il me doit, & ne me donne pas.

LAZARILLE.

A voir de quels dedains la fortune me traite,
Nous deuons estre nés dessous mesme planete;
Iamais occasion d'interest, ou d'honneur,
Par son euenement n'a marqué mon bon-heur;
Mais sur tout, qu'en mon choix le sort me fut contraire,
Quand me donnant à vous, Vrsin suiuit Cabrere:
Son maistre aupres du Roy, possede vn rang si haut,
Que tout rit à ses vœux, que rien ne luy deffaut:
Et dans le triste cours du malheur qui vous presse,
Cette lame enroüillée est toute ma richesse.

D. LOPE.

Le seruice important qu'a rendu ma valeur,
Fera bien-tost cesser, ta plainte, & mon malheur;
Les fruits de l'amitié, dont Cabrere m'honore,
Ne peuuent plus tarder & sont tout prests d'éclore:
I'attends de son pacquet, que ie viens rendre au Roy,
L'infaillible faueur d'vn honorable employ:
Il cherche en sa poche. Et puis...mais quelle peine est celle où ie me treuue?
O de mon mauuais sort la plus fatale épreuue!

Et qui de mes malheurs, me rend le plus confus?
Ce paquet...

LAZARILLE.

Est perdu.

D. LOPE.

Ie ne le treuue plus;
O Negligence insigne! & surprise importune!
I'ay ioint si peu de soing, à si peu de fortune?
Et si mal conserué le gage glorieux,
Qui deuoit rendre au Roy, mon nom si precieux?

LAZARILLE.

Le sort nous en veut trop, il faut qu'il nous acheue;
Et sa haine est pour nous, sãs quartier, & sãs trefue;
Mais voyez biẽ, peut-estre aurez vous mal cherché;
Vous l'auiez ce matin, où nous auons couché,
L'auriez-vous oublié? cherchez mieux ie vous prie.

D. LOPE.

Ie l'auray pû laisser dedans l'Hostellerie,
Mais retourner si loing, feroit vn vain soucy,
Puis qu'enfin, auiourd'huy, Cabrere arriue icy;
Et que sur le chemin, ma blesseure r'ouuerte,
De trois, ou quatre iours m'ayant cousté la perte,

A fait d'autant de temps, auancer son retour;
Si bien qu'auiourd'huy mesme, on l'attẽd à la Cour,
Où la voix suppleant la perte de sa lettre,
M'obtiendra les effets, que i osois m'en promettre:
S'il se peut, toutesfois, faisons sçauoir au Roy,
Quels exploits en Sardaigne, ont estably sa loy;
Et de ces grands succés luy faisant des peintures,
Sans nous manifester, contons nos aduantures;
Pour donner audience, il se doit rendre icy.

LAZARILLE.

Quelqu'vn sort de sa chambre.

D. LOPE.

Auançons, le voicy.

SCENE II.

LE ROY, LE COMTE,

CAPITAINE des Gardes, Suitte d'Archers.

D. LOPE, LAZARILLE.

LE COMTE.

Vos soins du grand Trajan vous sont le vif exemple,

Si les Roys sont des Dieux, leur Palais est vn temple,
Où pour touts il est iuste, & libre de prier,
Et dont iamais l'accés ne se doit denier.

LE ROY.

Le plus digne degré de la grandeur d'vn maistre,
Est d'estre égal aux siens, autant qu'il le peut estre;
Il s'esleue plus haut par cet abaissement,
C'est de sa dignité le plus seur fondement,
Et de l'art de regner la plus haute science.

LE COMTE.

Chacun peut approcher: le Roy donne audience.

D. LOPE s'auançant.

Si prompt à le seruir, ie tremble à l'aborder.

LAZARILLE.

L'occasion vous rit.

D. LOPE.

Ciel, fais la succeder.
Mais on m'a preuenu;

SCENE III.

D. SANCHE Gouuerneur de Saragosse.

Sire, vn bruit populaire,
Iette icy la terreur de l'Infant vostre frere;
L'armée est décampee, & s'auance à grands pas,
L'aduantage consiste à ne l'attendre pas;
Et le mal nous pressant, empescher qu'il n'empire
Et ne vienne attaquer le cœur de vostre Empire:
Vous risqués vn grand siege, en attendant plus tard,
Saragosse est au throne vn important rampart.

LE ROY.

Mes ordres pouruoiront contre cette disgrace,
Cependant, trauaillez à bien munir la place;
Et pouruoir de deffense aux endroits importants,
Sans semer la frayeur parmy les habitants;
Allez, qu'vn autre approche.

SCENE IV.

SCENE IV.

LE SECRETAIRE, LE ROY, LE COMTE, D. LOPE, LAZARILLE, SOLDATS.

D. LOPE s'auançant.

O Sort, sois moy propice!
Ne voila pas encor, vn traict de son caprice!
Voy combien de hazards m'ostent l'occasion;

LAZARILLE.

Ie forcenne de rage & de confusion.

LE SECRETAIRE, au Roy, luy donnant vne lettre.

Sire, aux moindres faueurs, qu'vne maistresse enuoye,
C'est trop faire achepter, qu'en retarder la joye.

LE ROY, la baisant & l'ouurant.

Cher gage d'vne main pleine de tant d'appas,
Me viens-tu prononcer l'arrest de mon trespas?

Ou flechiray-ie enfin la fierté qui reiette
Vne ame assuiettie au joug de sa suiette?

LAZARILLE.

Quelqu'vn profitera du temps que vous perdés.

D. LOPE s'auançant.

Prince, rare ornement...

LE COMTE, le faisant retirer.

Le Roy lit, attendez.

LE ROY, lisant la lettre.

Ne soüillés point grãd Roy, les glorieuses marques,
Qui sur le reste des Monarques,
Font briller vostre Majesté,
Par vne passion à son repos fatale,
D'vn indigne attentat de vostre ame Royale,
Sur mon honnesteté.

I'ay trop long-temps souffert à vos ardeurs passées,
Ces friuoles écrits, porteurs de vos pensées,
Ne m'en honorez plus,
Ou me continuant cet honneur qui m'offence,
Ne vous offencez pas, ou d'vn iuste silence,
Ou d'vn libre refus;

Il dit, ne lisant plus.

O rigueur inhumaine ! ô beauté tyrannique !
Qui causant mō amour, deffends qu'elle s'explique;
Beau, mais funeste escueil, insensible rocher.

LAZARILLE.

Allez.

LE COMTE.

Il ne lit plus, vous pouuez approcher.

D. LOPE s'approchant.

Enfin tu seras lasse, ô cruelle fortune !
De me persecuter & de m'estre importune;
Prince amour des climats, où vous donnez la loy,
Et de vos ennemis, la terreur & l'effroy;
Si vostre Majesté doit treuuer quelques charmes
Au fidele recit du succes de ses armes;
I'oze satisfaisant à ma commißion,
Me promettre l'honneur de son attention.

LE ROY lit vn mot, ou deux, & puis dit.

Et vantons orgueilleux, les droits d'vn Couronne,
Et le faux ascendant que son éclat nous donne;
Pourrois-ie obtenir moins dessous vn nom priué,
Qu'en ce grade eminent, où ie suis esleué !

Vne ingratte suiette à ce poinct me dedaigne!

D. LOPE.

L'estat où Dom Bernard a reduit la Sardaigne,
Fera trembler l'Europe, & de vostre fureur,
Aux lieux plus écartés semera la terreur.

LE ROY lisant.

Ne m'en honorés plus,
Ou me continuant, cet honneur qui m'offence,
Ne vous offencez pas, ou d'vn iuste silence,
Où d'vn libre refus.

Il dit en suitte.

Traicter de ces froideurs, le feu qui me deuore,
Moy son Prince, son Roy, mais son Roy qui l'adore.

D. LOPE.

Quand l'appareil fut prest, & que de vos vaisseaux
Dom Bernard eut couuert l'humide sein des eaux,
Les vents en mesme instant, furent sans violence,
Et volontairement s'imposerent silence;
La mer auec respect porta ce grand fardeau,
Qui des Sardes alloit la faire le tombeau.

LE ROY.

Mais, ô trouble friuole & vaine réuerie;
Amoureux ie puis craindre, & Monarque ie prie;
I'ayme, & puis obseruer ces respects superflus,
Qui pouuant tout, demande, est digne du refus.

D. LOPE.

L'air & la mer, enfin comme vos tributaires,
Prirent vostre party, contre vos aduersaires;

LE ROY.

Mais au trouble importun, dont i'estois diuerty,
N'ayant rien entendu, ie n'ay rien reparty;
Cette distraction est vn deffaut aux Princes,
Qui doiuent tousiours mettre, au bien de leurs Prouinces,
Leur plus present objet, & leur soing le plus haut,
Rappelons nostre esprit, & couurons ce deffaut.

se leuant.

Ie songe à preuenir le siege qui s'appreste,
Si vous m'auez seruy, dressés vostre requeste,
I'en verray le merite, & i'auray soing de vous.

LAZARILLE le suiuant.

De nos Astres enfin nous vaincrons le courroux.

SCENE V.

LE ROY, LE COMTE, LE SECRETAIRE.

LE ROY.

QVoy ie regne, & regnant n'oze dire que i'ayme!
Ie sers, & ne puis plaire auec vn Diadesme:
Toy, de ce triste écrit funeste messager,
Au Secretaire. Autheur de mon ennuy, trauaille à l'alleger;
Et si tu veux qu'encor quelque attente me flatte;
Va m'obtenir, Perez, de cette belle ingrate,
La faueur de passer en son appartement,
Et sans l'incommoder, luy parler vn moment.
Va i'attends sa response: ha Comte, est-il possible;
Que ce front couronné cache vn cœur si sensible!
Et qu'vne dependante, & suiette beauté,
A de si longs efforts, en cache vn indomté?
Par quel droict vantons nous malheureux que nous sommes,
L'aduantage des Roys, sur le reste des hommes;

Si suiets comme vous à nostre passion,
Nous soustenons si mal cette presomption,
Que d'vn simple regard, qu'vn bel œil nous enuoye,
Nos libertez souuent sont la honteuse proye?

LE COMTE.

Le malheur de souffrir pour d'aymables obiets,
Est le sort aussi bien des Roys que des suiets.

LE ROY.

Ma plus sensible peine, en ce que ie propose,
Est que mon dessein mesme, à mon dessein s'oppose,
Et que pouuant vser d'vn pouuoir absolu,
Ie cesse de vouloir, si tost que i'ay voulu;
Que dans la mesme cause, & criminel, & iuge,
De l'obiet offencé ie deuiens le refuge,
Et de quelques efforts que ie sois combatu,
N'ay pas assez d'amour pour manquer de vertu.
Ainsi mon cœur pressé par l'vn & l'autre extréme,
Est le champ d'vn cõbat de moy contre moy-méme,
Qui lasche, ou genereux, foible, ou fort que ie suis,
Protege en méme temps, l'honneur que ie poursuis.

LE COMTE.

C'est par ce beau combat, que vous rendez des marques,
Du plus considerable, & plus grãd des monarques;

L'amour est vn doux mal commun à tous les Rois,
Mais peu de la raison luy font suiure les loix,
Peu sçauent auec luy moderer leur puissance,
Et quand il ose trop, reprimer sa licence;
Ces qualitez aussi vous attirent nos vœux,
De Pedre, & non du Roy, le monde est amoureux;
Et le surnom de Grand que l'Arragon vous donne,
Vient plus de vos vertus, que de vostre couronne;
C'est vn malheur d'vn thrône où l'on est esleué,
Qu'estre tousiours en butte, & tousiours obserué;
Qu'il ne soit mur si fort, dans les Palais des Princes,
Que ne puissent percer les yeux de leurs Prouinces;
Toutes leurs actions regardans leurs suiets,
De leurs suiets aussi, sont tousiours les obiets;
Auec le peuple enfin ils partagent vn tiltre,
Et iuges de l'estat, l'estat est leur arbitre;
Pour vostre Majesté, c'est vn repos bien doux,
De pouuoir sans rien craindre, estre iugé de tous;
Et c'est pour vn Monarque vne vertu sublime,
De hayr comme vous, iusqu'à l'ombre du crime;
D'estre vn si saint exemple, aux yeux de vostre Cour,
Et pouuoir accorder l'innocence & l'amour.

LE ROY.

LE ROY.

L'interest qui m'allie auecques la Nauarre,
Pouuoit seul me priuer d'vne beauté si rare;
Et toute autre raison moins vtile à l'estat,
La splendeur de mon rang, le nom de Potentat,
Ny tous les fondemens d'vne haute esperance,
Ne me pourroient rauir l'heur de son alliance.

SCENE VI.

D. LOPE DE LVNE, LAZARILLE, LE ROY, LE COMTE, GARDES.

LAZARILLE.

L'Occasion vous rit, mais ne la manqués pas.

D. LOPE.

Elle est trop fauorable, ô sort guide mes pas!

LE ROY prenant la requeste.

Donnez;

D. LOPE.

Ce mot, grand Roy, s'il ne vous importune,
Vous fera souuenir de Dom Lope de Lune;
Autrefois par sa charge, illustre en cette Cour,
Sous l'heureux Souuerain, dont vous tenez le iour;
Qui iusques a la mort, paya de sa personne,
Et fist de tout son sang, hommage à la Couronne.

LE ROY lisant.

Dom Lope de .....

SCENE VII.

LE SECRETAIRE, LE ROY, D. LOPE LE COMTE, LAZARILLE, GARDES.

LE SECRETAIRE.

Seigneur, Leonor passe icy.
Pour aller chez l'Infante, auancez, la voicy.

LE COMTE, à D. LOPE.

Hors:

D. LOPE sortant.

O de mon malheur, cruelle experience!

LAZARILLE le suiuant.

O la dure vertu, que tant de patience!

SCENE VIII.

LEONOR, LE ROY, LE COMTE, LE SECRETAIRE, GARDES,

LE ROY releuant Leonor, qui en entrant fait vn faux-pas.

HE' *Madame!*

LEONOR.

Seigneur, c'est vn bon-heur pour moy,
Qu'ayant à choir, ma cheute arriue aux pieds du Roy,
Dont le rang me prescrit l'estat où ie me treuue.

Le Roy luy donnant la main, laisse tomber la requeste par megarde.

LE ROY.

C'est de vostre merite vne infaillible preuue,
Que pour vous releuer & seruir au besoin,
A mes mains la fortune en ait commis le soin;
Oüy, Madame, ce soin tõbe en des mains puissãtes,
Capables de remplir & passer vos attentes,
Qui vous peuuent dõner vn rang qui vous deffaut,
Et ne releuent point, sans esleuer bien hau.

LEONOR.

Que puis-ie desormais craindre de la fortune,
Si me terraçant mesme elle m'est importune ;
Si ma cheute m'esleue, & si choir est vn saut,
Pour me rendre plus ferme, & m'esleuer plus haut,
C'est d'vn bonheur insigne vne preuue constante.

LE ROY.

Où s'addressent vos pas?

LEONOR.

Ie passois chez l'Infante.

LE ROY.

Ie vous y rends :

LEONOR.

Seigneur !

LE ROY.

Accordez moy ce poinct,
Mandez des cruautez, mais n'en exercez point,
Rebutez, mesprisez, tuez dans vne lettre,
Mais presente, souffrez ce qui se peut permettre,
Et ne refusez pas vne ciuilité ;

LEONOR.

Si i'osois remonstrer à vostre Majesté,
Qu'à quelque si haut poinct que sa bonté m'oblige,
Il m'est de consequence estant.....

LE ROY.

Allons vous dis-je,
Souffrez que ie vous rende en son appartement,
Et là nous en viendrons sur l'éclaircissement.

SCENE IX.

DOM LOPE DE LVNE,

LAZARILLE, sortant de l'antichambre.

LAZARILLE.

QV'attendons nous encor, malheureux que nous sommes?
I'ay bien veu du pays, i'ay bien conneu des hõmes,
Mais ie n'en ay point veu, que le ciel en courroux,
Rende par leur malheur si celebres que nous;
Et vous deuiendrez Grand, vanité ridicule!
Vous pourriés estre vn Mars, vn Cesar, vn Hercule

Que le sort enragé qui talonne vos pas,
Vous heurteroit encor, & ne vous riroit pas.

D. LOPE.

Sa rigueur en effet m'oppose tant d'obstacles,
Que pour les vaincre tous, il faudroit des miracles;
Mais le Roy peut rentrer, attendons son retour.

LAZARILLE.

O l'importun mestier, que celuy de la cour!

Il treuue la requeste, & la ramassant dit.

Qu'est-ce cy? quelque traict encor de la fortune!

D. LOPE.

Qu'est-ce?

LAZARILLE lisant.

Requeste au Roy de Dom Lope de Lune; . . .
Et vostre ame est prophete en ses pressentiments,
De grands effets suiuront vos nobles moueements?
Le luy monstrant, il dit. *Vous pouuez sur l'espoir que Dom Bernard vous donne,*
Pretendre à des degrez proches de la couronne:
Vous estes fort auant dedans l'esprit du Roy,
Vous ne pouuez manquer d'vn honorable employ:
Pour vous seul desormais, les astres s'interessent,
O de combien de vent les hommes se repaissent!

Tenez, vostre requeste a fait vn grand effet, luy baillant la requeste.
Et vous auez raison d'estre fort satisfait,
Elle a des pieds du Prince essuyé la poußiere.

D. LOPE.

Dieu! iamais desespoir eut-il tant de matiere?
Dom Bernard qui peut tout, en vain me veut du bien,
Ma valeur sert l'Estat, & ne me produit rien:
Ma parole est soufferte, & n'est point ecoutée,
Ma requeste est receuë, & puis est reiettée,
I'ay tousiours lieu d'espoir, iamais d'euenement;
Tout me rit, tout me flatte, & tousiours vainement;
La fortune nous traicte auec trop d'iniustice,
Pour nous promettre plus de vaincre son caprice.
Ne nous obstinons plus en vne ingrate cour,
Puisque Cabrere arriue, attendons son retour;
Mais sans plus nous flatter d'vne esperance vaine,
Sans que mes interests luy coustent plus de peine; Déchirant la requeste.
Payons son amitié seulement d'vn adieu,
Et fuyons pour iamais de ce funeste lieu.

ACTE II.

SCENE PREMIERE.

DOM BERNARD, D. LOPE, LAZARILLE.

DOM BERNARD.

Quoy ce grand cœur s'esbranle, & Dom Lope de Lune
Veut tourner lâchement le dos à la fortune,
Et parmy ses exploits laissera raconter,
Qu'il est vn ennemy, qu'il a pû redouter?

D. LOPE.

Apres vne si longue, & si triste auanture,
Apres tant de mal-heurs, & de cette nature;
Apres tant de reuers, de rebuts, de mespris
Capables de lasser les plus fermes esprits;

Quand

Quand ie ne croirois pas mon malheur inuincible,
Ie ſerois inſenſé,ſi i'eſtois inſenſible.

D. BERNARD.

Comme les Souuerains n'ont pas des droicts communs,
Ils veulent quelquefois des deuoirs importuns,
Et moins par nos effets que par noſtre conſtance,
De nos affections éprouuent l'importance;
Tel que la Cour rebutte ou ne careſſe pas,
Souuent mal à propos ſe laſſe au dernier pas;
Et ſans la lâcheté de retourner arriere,
Trouuoit vne Couronne au bout de ſa carriere;
Ie ſçay que le deſtin qui diſpenſe les rangs,
Tient pour nous les donner, des moyens differents;
Par des chemins diuers, eleue aux grandes choſes,
Et les ſeme à ſon gré, d'épines, ou de roſes;
Ie ſçay que par vn heur qui ne ſe conçoit pas,
Pour arriuer ſi haut, ie n'ay pas fait vn pas;
Et que tout mon credit & toute ma puiſſance,
Ne ſont qu'vn ſimple effet de mon obeiſſance;
Que ie meritois moins, que vous ne meritez,
Et qu'on m'a tout donné ce que vous acheptez;
Mais ce meſme deſtin dont l'aueugle caprice,
Me fait tant de faueur, à vous tant d'iniuſtice,

D.

Peut de la mesme main, dont il m'a fait monter,
Et vous mettre en ma place, & m'en precipiter;
De ma part soyez seur d'vne ardeur sans pareille;
Et qu'au poinct où du Roy ie possede l'oreille,
Pour peu que sa bonté réponde à mes souhaits;
Mes soins vous produiront d'infaillibles succés.

D. LOPE.

Quelques traits si perçants dont la douleur me touche,
Auec cette bonté vous me fermez la bouche;
Et ie tiendray l'honneur de vostre affection,
Pour le plus digne obiet de mon ambition.

D. BERNARD.

Au reste de quel œil voyez vous violante?

D. LOPE.

Ce nom m'est incognu.

D. BERNARD.

Quoy le nom de l'Infante!
Ce nom, par qui le ciel nous voulut exprimer,
L'inuincible pouuoir qui force de l'aymer?
Et treuue tous les cœurs sans deffense, & sans armes?

D. LOPE.

I'en confondois le nom, mais i'en cognois les charmes;
Et si mon mauuais sort me permet d'en parler,
N'ay rien veu sous le ciel qu'on luy puisse égaler;
Ny qui sousmette vne ame auecques plus d'empire
Mais quelque haut dessein que l'amour vous inspire;
Vostre heur & vos vertus, vous la peuuent donner,
Et ce leur seroit peu que de vous couronner.

D. BERNARD.

Traictons auec respect les dignitez supresmes,
Et ne touchons iamais iusques aux diadesmes;
Les Ciel qui les sacra, veut qu'ils soient reuerez,
Et n'ouure point l'oreille aux vœux immoderez.
Allons de nos lauriers faire hommage à ses charmes,
Et rendre compte au Roy du succés de ses armes;
Venez les veritez que i'y diray de vous,
Feront de ce recit, les brillants les plus doux.

SCENE II.

LE ROY, LE COMTE, GARDES,

LE COMTE voyant le Roy assoupy.

QVel trauail alterant l'air de vostre visage,
Presque du mouuement vous derobe l'vsage,
Et vous cause, Seigneur, cet assoupissement?

LE ROY.

Le sommeil nous pressant se vainc malaisément;
La musique, le ieu, cent tours à la fenestre,
De cet Astre inhumain, qui n'a daigné paroïstre,
Cent plaintes à sa porte, & cent souspirs sans fruit,
M'ont osté le repos de l'ame & de la nuict;
Tant que m'ayant des sens presque interdit l'vsage,
Le iour, veut de la nuict, me reparer l'outrage;
Mais Dom Bernard arriue, & vient d'vn doux resueil,
Guerir ma lassitude, & charmer mon sommeil;
Il a tant fait pour moy, que pour sa recompense,
Mon pouuoir auiourd'huy cognoist son impuissance.

LE COMTE.

Les prix qui d'vn grand cœur ſuiuent les grands
exploits,
Sont les plus clairs brillãts des Couronnes des Rois;
Aux grandes actions leur charme nous inuite,
Par eux l'ame s'eſleue, & la vertu s'excite;
Par eux il n'eſt deſſein dont on ne vienne à bout,
Et ne rien épargner, eſt l'art d'acquerir tout;
Mais ſi pour vn ſuiet, iamais vos mains Royales,
Ont eu lieu de s'ouurir, & d'eſtre liberales;
Dom Bernard ſi fameux par tant d'occaſions,
Eſt le plus digne obiet de vos profuſions;
Puiſqu'aux nobles trauaux de ce courage illuſtre,
Les armes d'Arragon doiuẽt leur plus beau luſtre;
Et qu'enfin quelque éclat dont il ſoit reueſtu,
Son rang ſera touſiours moindre que ſa vertu.

LE ROY.

Ie cognoy ma foibleſſe, à le bien recognoiſtre;
Il épuiſe ma force, à force de l'accroiſtre:
Par nos communs bien-faits, il l'emporte ſur moy,
Ie luy donne en vaſſal, & luy me donne en Roy:
Mais l'amitié qui rend toute choſe commune,
Luy va comme mon cœur, partager ma fortune;
Et ſur ſon ſeul merite appuyer mon pouuoir,
Il arriue, auançons, allons le receuoir,

Et bastir auiourd'huy le plus haut edifice,
Qu'ayent iamais esleué le sort & la iustice.

SCENE III.

D. BERNARD DE CABRERE, D. LOPE, LAZARILLE, SOLDATS. LE ROY, LE COMTE, GARDES.

D. BERNARD aux pieds du Roy.

SEigneur!

LE ROY.

Vous à mes pieds! Gloire de cet estat,
Vous de ma dignité le plus brillant éclat;
Heureux restaurateur & soustien de mon thrône,
Ie vous faits Admiral!

D. BERNARD.

Moy, Sire,

LE ROY le releuant.

Et Duc d'Ossone.

D. BERNARD.

O Ciel!

LE ROY.

Ioignez aux miens ces inuincibles bras,
Qui par tant de trauaux & par tant de combats,
Ont si bien soustenu le faix de mon Empire.

D. BERNARD.

A ma confusion, ils sont plus chargez, Sire,
Du faix de vos bienfaits, que du faix des lauriers,
Que vous ont moissonnez vos illustres guerriers;
Bien plus qu'eux, & que moy, vostre nom est la foudre,
Qui tonne, estonne, frappe, & reduit tout en poudre;
Dom Pedre seul, absent, porte plus de terreur,
Que de nos bras presents la plus chaude fureur;
Et par vostre faueur tant de fois confirmée,
Vous me payez les prix de vostre renommée,
Et me recognoissez de vos propres exploits,
Puisque vostre seul bruict range tout sous vos loix.

LE ROY.

Faisons qu'auec le temps, l'Arragon puisse apprendre,
Qui de nous sçaura mieux, ou receuoir, ou rendre;

Et qui d'affection aura mieux combattu;
Ie ne me laſſeray qu'apres voſtre vertu;
Et de ce ſeul combat, vous enuieray la gloire,
De celuy de Sardaigne, apprenez moy l'Hiſtoire;
Donnez vn ſiege au Comte.

Il ſe ſied, & fait ſeoir D. Bernard.

D. BERNARD.

A peine vos vaiſſeaux,
Deradez trauerſoient le vaſte champ des eaux,
Que les vents ennemis de cette humide plaine,
Selon noſtre beſoin, meſurans leur haleine,
D'irritez qu'ils eſtoient, auſſi-toſt appaiſez,
Feirent voir le reſpect que vous leur impoſez;
Cette ſeiche foreſt, eut enfin de Neptune,
L'inconſtante faueur, à tel poinct opportune;
Qu'auec vn ſeul Soleil, vne nuict ſeulement,
Veid & noſtre arriuée, & noſtre embarquement;
L'aurore alloit ſortir, quand ie feis prendre terre
A ces Mars Eſpagnols, ces Demons de la guerre,
Ces fleaux des attentats, & des rebellions,
Que l'honneur d'eſtre à vous, rend autant de Lions.
Comme l'ardeur peut tout, iointe à l'intelligence,
Le temps fut meſnagé par tant de diligence;
Que le camp découuert, les murs des ennemis,
Auant qu'vn vent de flame en eut porté l'aduis,

Et

Et que de nostre abord Calaris aduertie
Pûst, où nous prismes port, faire aucune sortie;
Nul ne gardoit l'accés de ces perfides murs,
Mais pour estre deserts, les champs n'estoient pas seurs.
Car cette ingratte ville en ruses trop experte,
Auoit d'arbres couchez la campagne couuerte;
Et parsemé de clouds les chemins d'alentour,
Qui nous feirent besoin & d'adresse, & de iour.
L'vn & l'autre à la fin, nous aydant le passage,
Apres vn long trauail du piege nous degage;
Et suiuant vn sentier qui descend d'vn costeau,
A son pied verdissant, nous trouuons vn ruisseau.
Dont le trouble cristal qui sortoit d'vne roche,
De gens qui le fouloient, nous feist iuger l'aproche;
Là chacun attentif, considerant les lieux,
Vn brillant escadron se presente à nos yeux,
Dont le maintien superbe, & le riche equipage,
Loin de nous estonner, nous enfle le courage,
Nous fait sauter de ioye, & nous promet le fruict,
Du penible trauail de l'onde & de la nuict.
Il n'est soldat si las, à qui le cœur ne vole,
Et qui n'ait la vigueur comme l'ame Espagnole;
Et presque en vn instant touts nos rangs disposez,
Separent les trois corps dont ils sont composez.

LE ROY assoupy & comme endormy.

En vain dans cet excés de gloire & d'allegresse,
Ie tâche à resister au sommeil qui me presse.

D. BERNARD.

L'escadron recognu, lors que pour l'inuestir,
Nostre auant-garde enfin commença de partir,
Au mesme instant des arcs de ce peuple rebelle,
Nous vismes dessus nous fondre vne espaisse gresle,
Qui tant que pût durer vn choc si violent,
A leur temerité fut vn rampart volant:
Il semble à cet effort que nos rangs se separent,
Mais leurs traits épuisez, nos forces se declarent;
Et nous fondōs sur eux plus prompts que les éclairs
Ne nous frappent la veuë, & ne percent les airs;
Le plus hardy s'effroye à ces viues alarmes,
Rien ne resiste plus au torrent de nos armes,
Et nous pauons le champ d'vn meslange confus;
De bras, de pieds, de corps, d'arcs, de traicts, & d'escus,
Ceux enfin que la fuite a sauuez de l'orage,
A leur ville alarmée annoncent ce naufrage;
On s'y prepare au siege, on en munit le fort,
Et la rebellion tente vn dernier effort;

Mais, Sire, ce Heros, ce prodige incroyable,
Admirable aux vainqueurs, aux vaincus effroyable,
Des siecles à venir, futur estonnement,
Et de céluy qui court, la gloire & l'ornement;
Pour tout comprendre enfin, le Grand Lope de Lune,
Par vne inuention fameuse, & non commune,
Qu'vn Grec tenta iadis sur l'empire Latin,
A rendu vain l'effort de ce peuple mutin:
Il se tire du camp, s'estant auec courage,
Decoupé d'vn poignard, le sein, & le visage,
Et dessus vn coureur, qu'il rend presque aux abois,
A leurs murs arriué, s'escrie à haute voix,
Si chez vous la vertu peut treuuer quelque azyle,
O Sardes genereux! ouurez moy vostre ville,
Si l'homme, encor pour l'hõme a quelque humanité,
Sauuez moy d'vn tyran & de sa cruauté,
On ouure, à sa requeste; il obtient audience,
Et sur l'esprit de touts, gaigne tant de creance,
Qu'à la teste souuent de cinq ou six d'entre-eux,
Nous venant faire au camp des deffis genereux,
En differentes fois, il se feist des plus braues,
Par nostre intelligence, vn tel nombre d'esclaues,
Qu'enfin touts ioincts ensemble, & s'estant par moyens,

Monstrane D. Lope de Lune.

Le Roy dort.

Pratiqué le secours de quelques Cytoyens ;
Par qui de ce secret ie receus le message ,
Dans les murs ennemis , ils se firent passage,
Et Dom Lope , s'acquist vn renom glorieux,
Qui faict reuiure en luy l'esclat de ses ayeux ?

LE ROY s'esueillant.

Que dira Dom Bernard , d'vn si profond silence?
De ce facheux sommeil , forçons la violence :
Et prétons mieux l'oreille au recit des combats,
De qui si dignement nous a preté le bras.

D. BERNARD.

Dom Raimond de Moncade, a dans cette victoire,
Par des faits inouys éternisé sa gloire,
Et merite .....

LE ROY.

Oristan, est son gouuernement.

D. BERNARD.

Le Duc de Ribagorce a seruy dignement ;
Et d'vn cœur indompté , signalé sa vaillance.

LE ROY.

Sassaris & Sora , seront sa recompense.

D. BERNARD.

Dom Nugue à nostre espoir fut vn notable appuy,
Et d'vn bras genereux,

LE ROY.

Calaris est pour luy ;
Et vous restaurateur de la gloire publique,
Ie vous faits Duc de Vas, & Comte de Modique;

D. BERNARD.

De si hauts rangs, Seigneur, pour vn suiet si bas!
Semés auec les mains, & ne répandés pas ;
Vostre profusion en me chargeant, m'accable,
Et d'vn si lourd fardeau ma force est incapable.

LE ROY.

Ce prix me laisse encor la qualité d'ingrat,
Et charge peu le bras qui soustient tout l'Estat ;
Acheuons vostre Cour, & passons chez l'Infante,
Où nous consulterons d'vne affaire importante,
Pour qui vostre retour nous arriue à propos,
Et qui ne peut encor vous souffrir de repos ;
Touts s'en vont hormis D. Lope, & Lazarille.

SCENE IV.

DOM LOPE, LAZARILLE.

LAZARILLE.

Vous auiez bien raison d'attendre sa venuë,
Voila vostre vertu dignement recognuë;
Vostre credit est grand, on vous voit de bon œil,
Et le Roy vous a fait vn fauorable acceuil;
Dom Bernard ....

D. LOPE.

Que veux-tu? ma raison elle-mesme,
S'egare & m'abandonne en ce malheur extrême;
Non tu n'es point pour moy, (dure fatalité!)
Fille comme on te croit, de la necessité;
Elle n'establit point ton ordre ineuitable,
Par ton propre dessein, tu nous es redoutable;
Ma disgrace n'est plus vn caprice du sort,
Tu ne me heurtes point par vn aueugle effort;
Vne haine immortelle, vne inuincible rage,
Vn dessein déclaré, t'obstine à cet outrage:

En vain par tant d'exploits, ie m'acquiers tant de bruit,
A qui tu veux du mal, tout trauail est sans fruict:
Apres tant de soucis, i'espererois des roses,
Si tu suiuois pour moy, l'ordre commun des choses,
Mais tu l'enfrains barbare, & pour moy seulemẽt,
Ton aueugle conduite est sans aueuglement,
Pour moy seul vn prodigue, vn genereux Monarque,
Iette sur son renom, vne honteuse marque,
Et ta rigueur en fait par vne iniuste loy,
D'vn Auguste pour touts, vn Tybere pour moy;
Quoy tant de grands effets, tant d'illustres offices,
Perdent donc en mon bras, le titre de seruices?

LAZARILLE.

Vn malheureux enfin, a beau se desoler,
Beau se plaindre des Cieux, & beau les quereler;
Ils versent sans dessein les plaisirs & les peines,
Ils ne sont point garands des affaires humaines,
Et toute la nature en vain leur veut aider,
A qui naist sans bonheur, rien ne peut succeder,

SCENE V.

D. BERNARD, LE COMTE, D. LOPE, LAZARILLE.

D. BERNARD embraſſant D. Lope.

PLuſt au ciel, cher de Lune, & ie le dis ſans feinte,
Que le ſort qui vous liure vne ſi rude atteinte,
Et contre qui pour vous, touts mes ſouhaits ſont vains,
Suiuiſt ſon inconſtance, & nous changeaſt de mains
La diſgrace du Roy, me ſeroit moins ſenſible,
Que le meſpris qu'il fait de ce bras inuincible ;
Qui ſeul dans la Sardaigne a reſtably ſes loix,
Et dont vn ſceptre ſeul, peut payer les exploits.

D. LOPE.

Voſtre heur, parfait amy, vous dure autant d'années,
Que m'ont duré d'inſtants mes triſtes deſtinées ;
Le Roy vous depoſant les charges de l'Eſtat,
Me fait iuſtice en vous, & ne m'eſt plus ingrat ;

Quoy

Quoy qu'vne méme main vous esleue, & m'abaisse,
Le rebut m'en est doux, puis qu'elle vous caresse;
Et la moitié de moy qu'elle laisse si bas,
Eclatte en la moitié, qui regit ses Estats;
Viuez donc d'Arragon, & l'amour & la gloire,
Des plus chers fauoris effacez la memoire,
Qu'aucun soin ne vous trouble en vos emplois nou-
ueaux,
Et Souuerain des mers, dõnez des freins aux eaux
Tandis que de fortune éprouuant l'autre face,
Chetif & triste obiect d'opprobre, & de disgrace,
Ie gousteray chez moy pour le moins le bonheur,
De sçauoir mon amy dans ce haut rang d'honneur;
Et pouuoir opposer à sa rigueur extréme,
Le bien qu'elle me fait en vn autre moy-mesme.

D. BERNARD.

Auec plus d'esperance, épargnez ma douleur;
Et croyez que ie tiens à sensible malheur,
De pouuoir opposer à sa faueur extréme,
Le mal qu'elle me fait en vn autre moy-mesme.

LE COMTE.

Il est vray que iamais vertu n'auoit produit,
De si fameux succés auec si peu de fruict,

Et que d'vn art ſçauant, & d'vn pinceau fidelle;
Dom Bernard en a fait la peinture ſi belle;
Qu'enfin ſans vous flatter, il faut qu'à ce recit,
Quelque grand ſoin du Prince ait diuerti l'eſprit;
Pour en auoir laiſſé la gloire ſans ſeconde,
Si ſterile pour vous & pour luy ſi feconde.

D. LOPE.

Le fauorable accés qu'elle a dans vos eſprits,
Me la rend trop fertile, & m'eſt vn prix ſans prix.

D. BERNARD.

Nous reuerons le Roy, la priere obſtinée,
Succede quelquesfois, & vainc la deſtinée:
Ce vous ſera du moins vn fruict de ſon refus,
Si nous n'obtenons rien, que de n'eſperer plus;
Mais il repoſe, adieu.

D. LOPE.

Le ciel vous ſoit propice,
Et me faſſe acquitter de cet heureux office!
ſeul: *O foibleſſe! ô contrainte! indigne d'vn grand cœur;*
D'auoir pour la vertu recours à la faueur!
Laſche, deurois-je encor....

SCENE VI.

D. LOPE, DOROTHEE à la fenestre.

LAZARILLE.

DOROTHEE luy iettant vne lettre.

Dom Lope, cette lettre,
Qu'en vostre propre main i'ay charge de remettre,
Vous inuite à mesler du myrthe à vos lauriers,
Et des succés d'amour, à vos succés guerriers;
Soyez discret: adieu, l'obiet qui vous l'adresse,
Est d'vn rãg & d'vn sang, digne d'vne maistresse,

Elle sort de la fenestre.

D. LOPE ramassant la lettre.

Veillons nous, réuons nous? puis-ie estre en mesme iour,
Si mal auec le sort, & bien auec l'amour!

LAZARILLE.

Non non, cet enragé vous estant si contraire,
Quelle est la malheureuse, à qui vous pourriez plaire?

D. LOPE il ouure la lettre, & lit;
A D. LOPE DE LVNE.

Au voyage de Vas, où nous suiuions le Roy;
Vne secrette ardeur, vous engagea ma foy,
Et vous ayant depuis conserué mon hommage;
Vous en veut auiourd'huy confier le secret,
Venez ce soir au parc, seul, fidele, & discret,
En sçauoir dauantage.

VIOLANTE.

Il continuë.

Violante! est-ce vn songe! est-ce vne illusion?
De quoy me flattes-tu chere confusion?
Violante! l'Infante, à mon suiet atteinte!
O glorieux meslange & d'espoir & de crainte!
Beau songe, qui promets plus que ie ne pretends,
Dißipe toy bien tard, & dure moy long-temps:
Ie veis l'Infante à Vas, ma doute n'est point vai-
ne;
Des appas innocens n'accusons plus la haine,
Si de cette Princesse ils m'ont acquis les vœux,
L'heur qu'ils m'ōt procuré m'esleue au dessus d'eux;
Mais tirons nous dicy, que mon transport n'e-
uente,
Les secrets mouuemens d'vne ardeur imprudente,

Qui pourroit ruiner le plus heureux espoir,
Que l'amour à mortel feist iamais conceuoir.

LAZARILLE le suiuant.

L'Infante! ô qu'il est vain! ô quelle extrauagance!
Tant de malheur, luy souffre encor tant d'arrogance!
Luy, l'Infante! vn moment l'auoit bien releué!
Cherchons, cherchons party, mon maistre est acheué.

ACTE III.

SCENE PREMIERE.

L'INFANTE, LEONOR.

L'INFANTE.

Comtesse, vostre esprit trop aisement s'altere,
La plus belle vertu n'est pas la plus austere;
Les regards, l'entretien de modestes esbats,
Exercent sa candeur & ne l'offencent pas.
Si vous n'aymez l'amant, souffrez en la personne;

LEONOR.

L'approche en est suspecte auec vne Couronne,
Toute honneste qu'elle est, elle fait murmurer,
Et souuent deshonore, à force d'honorer.

Le Roy ne peut déplaire auec toutes les marques,
Qui font considerer les plus parfaits Monarques;
Mais d'autant plus l'honneur, qu'il me fait de ses vœux,
En iette dans les cœurs, des sentiments douteux.

L'INFANTE.

Fonder sur des soupçons cette rigueur extréme,
Est bien mal ménager l'espoir d'vn diadéme;
Il en peut faire vn iour tribut à vos appas,
Ses secrets sentiments ne s'en eloignent pas;
De moindres passions ont fait des Souueraines;
Et vous estes d'vn sang qui peut dõner des Reines;

LEONOR.

Quelques si doux attraits dont on puisse éclatter;
Des thrônes ne sont pas des prix à meriter.
Le ridicule espoir de cet honneur insigne,
Le deuroit rebuter, & m'en rendroit indigne;
Mais vous sur qui le ciel répand à pleines mains,
Les tresors qu'il départ aux plus heureux humains,
Et dont les ornements & du corps, & de l'ame,
Iettent dans touts les cœurs, le respect, & la flame;
Vous dont tout le sang regne, & fait par tout des loix,
C'est pour vous que l'amour a destiné des Rois.

La Murcie, & Leon pressent auec instance;
Par leurs ambassadeurs, vostre illustre alliance;
Et quelque si haut thrône, où vous veuillez monter
Il sera glorieux de l'heur de vous porter.

L'INFANTE.

Indifferente encor ie n'épouse personne,
Ie laisse au Roy mon frere, à choisir ma Couronne,
Et quoy que de mon sort ayent ordonné les cieux,
Ne prends que par ses mains, ny voy que par ses yeux;

LEONOR.

Il m'est donc libre enfin de vous ouurir mon ame;
Puisque vostre froideur autorise ma flame;
Et qu'encor sans dessein, & sans election,
Vous pouuez approuuer mon inclination;
Ie ne le puis nier, i'ay creu qu'en vostre grace,
Dom Bernard que i'adore, occupoit quelque place;
Et dans ce sentiment taschois de reprimer
Le mouuement secret qui me force à l'aimer;
Ie sçay vostre naissance & qu'en ce rang supréme,
On ne vous peut pretendre à moins d'vn diadéme;
Mais d'ailleurs son bonheur à son merite égal,
Fait (comme par vn charme aux libertez fatal,).
Presque de touts les cœurs, des conquestes secretes,
Qui me rendoient suspect l'estat que vous en faites.

Ialouse,

Ialouse, ie tenois pour vn tribut d'amour,
Le fauorable accueil qu'a trouué son retour;
Et quoy que tant d'honneur luy soit trop legitime,
Ay creu qu'il procedoit d'ailleurs que de l'estime;
Mais grace à vos froideurs, mes vœux sont accomplis,
Mes doutes resolus, mes maux enseuelis;
I'oze mesme esperer que par vostre aßistance,
Le Roy me permettant l'heur de cette alliance,
Et perdant vn espoir qui ne luy produit rien,
Auecques mon repos, rétablira le sien.

L'INFANTE.

Quoy qu'au choix d'vn amant, mon ame irresoluë,
Sur cette paßion, soit encor absoluë,
Et que ce Dom Bernard, de qui les qualitez,
Triomphent (dites-vous) de tant de libertez,
Quelques myrthes nouueaux, qui luy couurent la teste,
N'ait pas suiet encor de vanter ma conqueste;
Ie ne puis toutesfois si tost determiner,
Sur le consentement de vous l'abandonner;
Et sur vostre creance, ou fausse, ou legitime,
Que l'estat que i'en faits, doiue passer l'estime.
Et le peu de respect que vous me faites voir,
D'auoir eu du deßein, où i'en pouuois auoir,

G

Mon cœur desia touché de ses vertus insignes,
Conçoit en sa faueur des sentiments si dignes,
Qu'auant que d'en resoudre & d'en rien ordonner,
Auec plus de loisir, ie veux l'examiner;
Qui peut faire d'vn Roy negliger le seruage,
Se pourra bien treuuer digne de mon hommage;
Et m'est autant qu'à vous, preferable à des Rois,
S'il est assez puissant pour me donner des loix.
C'estoit manquer à vous, d'adresse & de prudence,
Que de mettre à mes yeux vos feux en euidence,
Sans sçauoir si mon cœur y pourroit consentir,
Puis que si peu de cœurs s'en peuuent garantir.
Vous auez deu sçauoir qu'à l'humeur de la femme,
C'estoit persuader que deffendre vne flamme;
Et que la jalousie & sur tout dans la Cour,
Est mere aussi souuent, que fille de l'amour.
Le temps me donnera l'aduis que ie dois prendre,
Sur ce que ie vous doibs ou permettre, ou deffendre;
Cependant deliurez vostre esprit d'vn tourment,
Qui luy pourroit durer peut-estre vainement.

Elle s'en va la regardant de costé.

SCENE II.

LEONOR seule.

NOn non, ie n'ay manqué, ny d'art, ny de prudence,
Quand i'ay mis à vos yeux, mes feux en euidence;
I'en obtiens les effets que i'en ay souhaittez,
Puisque i'ay par les miens les vostres euentez.
Iusqu'icy l'abusée auoit creu me les taire,
Mais l'œil est aux amants vn mauuais secretaire;
Et l'on voit aisément vn feu bien embrazé,
Au trauers du cristal dont il est composé;
Cent fois de leurs regards, la rencontre fatale,
M'a fait voir cette flame, & monstré ma riuale;
Cent souspirs étouffez, & cent gestes confus,
M'auoient dit le secret qu'elle ne cache plus;
I'ay mieux leu qu'elle enfin dans sa propre pensée,
Sa bonté pour le Prince estoit interessée,
Et pensant m'esblouyr, vouloit moins par tãt d'art,
Le placer dans mon cœur, qu'en chasser Dom Ber-
rard,
Mais en vain elle attend l'auis qu'elle doit prẽdre;
Sur ce qu'elle me doit, ou permettre, ou deffendre;

Où le deſſein eſt prix, ſon ordre eſt ſuperflu;
Elle n'entreprend pas vn cœur irreſolu;
Et quoy qu'elle preſume auecques ſa puiſſance,
Doit craindre mō amour, plus que moy ſa deffenſe.

SCENE III.

LE SECRETAIRE, LEONOR.

LEONOR.

QV'eſt-ce Perés?

LE SECRETAIRE.

Le Roy touſiours inquieté,
S'informe à tous moments quelle eſt voſtre ſanté.

LEONOR.

Ses ſoings m'honorent trop.

LE SECRETAIRE.

Il ſe plaind, il ſouſpire,
Et vous le poſſedez auecques tant d'empire,
Que toute ſa ſplendeur n'a rien de precieux,
A l'egal d'vn regard qu'il reçoit de vos yeux;
Ce thrône qu'auiourd'huy tout l'vniuers reuere,
Eſt vn ſiege, où deſia chacun vous conſidere;
Et tous ſes entretiens font aiſément iuger,
Des paſſions qu'il a de vous le partager.

LEONOR.

Outre que de l'Estat les raisons importantes,
Au party de Nauarre attachent ses attentes,
Ie ne sçay quel mespris stupide ou genereux,
Quelque éclat qu'ait vn thrône, en détourne mes vœux;
Ie t'ay mis à la Cour, & croy sans imprudence,
Pouuoir sur vn secret, prendre ta confidence,
Et m'ozant reposer sur ta discretion,
Interesser tes soins dedans ma passion.

LE SECRETAIRE.

Si vous m'honorez tant, ie chery moins la vie,
Que ie ne feray l'heur de vous auoir seruie.

LEONOR.

Pour Cabrere en vn mot, mon cœur brusle d'amour:
Mais comme ses vertus charment toute la Cour;
Et qu'il treuue partout des vœux si legitimes,
Il compte encor l'Infante au rang de ses victimes,
Dont le dessein du mien trauersera le cours,
Si ma flame en ton art ne treuue vn prompt secours.
Tu peux de Dom Bernard imiter l'écriture,
Fay moy de son amour vne viue peinture,

Couchez y touts les traits, dõt la main d'vn amant
Nous peut representer vn sensible tourment;
Et dont on peut toucher le cœur d'vne maistresse,
Souscry la de son nom, la fermé & me l'adresse.
Prepare à mon espoir cet heureux fondement,
Le reste par mes soins, concerté dextrement:
Si beaucoup de malheur n'euente l'artifice,
De se. pretentions détruira l'edifice.

LE SECRETAIRE.

Cent despesches au Roy, que i'ay de Dom Bernard,
Me feront imiter sa lettre auec tant d'art,
Et si bien succeder le glorieux office
Que ie me rends moy-mesme, en vous rendant ser-
uice,
Que Dom Bernard luy mesme, hesiteroit en vain,
Et dedans mon écrit recognoistroit sa main,

LEONOR s'en allant.

Ie t'attends, mais sur tout, sois discret, & fidele.

LE SECRETAIRE.

Ce seruice à l'instant, aussi prompt que mon zele,
Dedans ce cabinet vous va prouuer ma foy,
Puis sur vostre santé, ie reueray le Roy.

SCENE IV.

LE SECRETAIRE seul entrant dans le cabinet, où il treuue vne écritoire, du papier, & des lettres de Dom Bernard.

Ma promesse m'engage en vn peril extréme,
Ie trahy D. Bernard, l'Infante, & le Roy mesme,
Mais quel aueugle soin, ne dois-ie à qui ie doy
Ce que i'ay dans la Cour de credit & d'employ?
Et pour qui puis-ie mieux, (ô frayeur importune!)
Que pour qui la soustient, hasarder ma fortune?

Il lit vne des lettres de D. Bernard.

Sire, par le pacquet qu'on me rend auiourd'huy,
I'aprends trop... D. Bernard; cette lettre est de luy. Il continuë.

Il en lit vne autre.

Nostre entreprise, Sire, est si preste d'éclore,
Qu'auant que le courrier... cette seconde encore;

Autre.

Sire, auant mon depart, i'aurois executé,
Les ordres que i'auois de vostre Majesté;

Sans l'auis important que ie ne vous puis taire...

Il continuë, ayant leu.

Sur celle cy ma main forme ton caractere;
Ce genre d'écriture, à qui tu peux vanter
La tienne assez conforme, est aisé d'imiter;

Il écrit, regardant la lettre de Dom Bernard.

SCENE V.

LE ROY, LE SECRETAIRE.

N'Auray-ie point de trefue, aymable Violence!
Souspirs desauoüez qui troublez mon silence,
Que ma raison condamne & ne peut étouffer!
Et d'vn ingrate enfin, ne puis-je triompher?
Dois-je long-temps encor insupportables flammes,
Sans espoir d'allegeance,

LE SECRETAIRE écriuant.

Exercent sur les ames.

LE ROY.

Mais que fait là Perés? il sçait ma passion,
Et s'acquitte si mal de sa commission?

Differant

Differant sa réponse, il prolonge mes peines;
Qu'écrit-il? approchons:

LE SECRETAIRE écriuant.

Des testes Souueraines:

LE ROY.

M'ourdit-il quelque trame, & sa fidelité
Se relascheroit-elle à quelque fausseté?

LE SECRETAIRE écriuant.

Mais, belle Leonor, si mon amour extréme;

LE ROY.

Dans vn propos d'amour, mesler l'obiet que i'aime!

LE SECRETAIRE écriuant.

Et les fers glorieux...

LE ROY.

A celle que ie sers,
Parler insolemment & de feux & de fers!

LE SECRETAIRE écriuant.

L'eclat...

LE ROY.

Oseroit-il sçachant que ie l'adore,
Pretendre, l'arrogant, aux faueurs que i'implore?
Auroit-il l'insolence & la temerité,
De former vn dessein ...

LE SECRETAIR ..

Et par sa pureté.

LE ROY entrant dans le cabinet.

Mais en puis-je estre en doute, & si long-temps attendre?

LE SECRETAIRE écriuant.

Ie pretends. . .

LE ROY luy arrachant l'écrit.

Voyons traistre, à quoy tu peux pretendre.

LE SECRETAIRE surpris.

A rien, Sire, i'ecry ...

LE ROY.

Donne moy cet écrit;

LE SECRETAIRE.

Dieux!

LE ROY.

Que dois-je inferer de ce trouble d'esprit?
Perfide! quelle foy veux-tu que i'en presume?

LE SECRETAIRE.

I'écriuois sans dessein, que d'éprouuer ma plume.

LE ROY lit.

Ie ne demande pas vne source de flames;
Que vous me permettiez vne necessité,
Le pouuoir que vos yeux exercent sur les ames,
Doit répondre pour moy de ma captiuité;

Ie sçay bien que mō rāg deshonore vos chaisnes,
Et que vostre beau joug aux libertez fatal,
Semble faisant ployer des testes Souueraines,
Tomber indignement sur le col d'vn vassal.

Mais, belle Leonor, si mon amour extréme,
Et les fers glorieux où ie suis arresté;
Ne brillent par l'éclat que iette vn diadéme,
Ils brillent par ma flamme & par sa pureté.

L'hymen où ie pretends......

LE ROY continuë.

Et cette audace, traistre!

LE SECRETAIRE.

Seigneur!

LE ROY.

Est le respect d'vn vassal à son maistre!
I'ay fait vn digne choix, & versois mon secret,
Dans vne ame loyale, & dans vn sein discret,
Quoy perfide! vne ardeur de sens si dépourueuë,
Te fait leuer les yeux où ie porte la veuë,
Et tes feux insolents me donnent pour riual,
L'indigne agent des miens, vn Ministre, vn vassal
C'est auec iuste droit, traistre que ie te fie
Les secrets concernants mon honneur & ma vie,
Si tu me peux tramer ce destable tour,
Et si tu m'es perfide en vn crime d'amour;
C'est là ce zele ardent que tu faisois paroistre?
Hola Gardes!

SCENE VI.

GARDES, LE ROY, LE SECRETAIRE.

1. GARDE.

Seigneur!

LE ROY.

Arrestez moy ce traistre;

LE SECRETAIRE.

O Ciel!

LE ROY.

Et dans l'horreur d'une affreuse prison,
Qui ne sera pas noir, comme sa trahison,
Menez le de son crime attendre le supplice.

LE SECRETAIRE.

Faites moy grace, Sire.

LE ROY.

On te fera iustice.

SCENE VII.

LE ROY seul.

EN ne reprimant pas cette temerité,
I'admets des attentats sur mon authorité ;
L'offense negligée, à la fin deuient nostre,
Qui souffre vne licence, en authorise vne autre,
Et qui peut sur ses vœux permette vn attentat,
A la mesme insolence expose son Estat.

SCENE VIII.

LE ROY, LE COMTE, D. BERN.

LE ROY.

L'Admiral, & le Comte ignorants de son crime,
Tenteront de fléchir mon courroux legitime ;
Et priez de sa part, viennent prier pour luy,
Mais . . .

DOM BERNARD.

Grand Roy, du merite & l'espoir, & l'appuy ;

Dont l'ame genereuse à chaque instant conuie,
Les cœurs les moins zelez au mespris de la vie ;
Vn deuoir d'amitié, d'honneur, de pieté,
Nous rend solliciteurs vers vostre Majesté.
Pour...

LE ROY.

Si vous ignorez le sujet de ma haine,
Vous venez mal instruicts du sujet qui vous meine,
Que l'interest d'vn homme indigne de pitié,
N'entre point en commerce, auec nostre amitié ;
Vous plaignez son malheur, moy ie sçay son audace
Son nom seul vous feroit encourir ma disgrace ;
S'il a lieu de vanter ses seruices passés,
Sa derniere action les a touts effacez,
Et iette sur sa foy des tasches eternelles.

LE COMTE.

Peut-estre vn faux rapport...

LE ROY.

Mes yeux me sont fideles ;
Et iuge de soy-mesme, il sçait si i'ay raison ;

D. BERNARD.

Est-ce vne offence, Sire, indigne de pardon?

LE ROY.

Ce n'est qu'vn attentat, qui s'adresse à moy-méme;

D. BERNARD bas.

C'est vn traict, cher amy, de ton malheur extréme;
Qui te faisant tõber dans quelque aueugle erreur,
T'a d'vn Prince si iuste, excité la fureur!

LE ROY.

Vous sçauez, Admiral, cõme en toute autre chose,
Vostre vouloir du mien absolument dispose;
Proposez, ordonnez, prenez, faites, ostez,
En tout, pour toute loy, suiuez vos volontez,
Et de grace exceptez cette seule requeste,
Sans vous, son attentat luy cousteroit la teste;
Seul i'en sçay l'insolence, & sans plus m'exprimer,
Tiens pour mon ennemy qui l'ozera nommer;
Au reste de Carlos, les troupes insolentes,
Par le pays voisin comme vn foudre volantes,
Ce soir mesme, au rapport de quelques espions,
Pretendent s'auancer iusqu'à nos bastions;
Si rencontre, Admiral, fut iamais opportune,
Faites voir auiourd'huy quelle est vostre fortune;
Tout l'espoir de l'Estat à vos soings est commis,
Couppez auant la nuict, la marche aux ennemis;

De

De vos troupes à peine encore desarmées,
R'alliez sur le champ les ardeurs r'allumées,
Et parmy ce peril me conseruant vos iours,
Soyez ce Dom Bernard que vous estes tousiours;

D. BERNARD.

Ie ne me preuaudray dans aucune auanture,
Que de la qualité de vostre creature;
Mais i'ose me vanter en cette qualité,
Et d'vn cœur inuincible, & d'vn bras indomté.

Le Roy s'en va embrassant D. Bernard.

SCENE X.

D.BERNARD, D.LOPE, LAZARIL.

D. LOPE.

ET bien, mon seul recours, & sincere & fidele,
Amy, des vrais amis le plus parfait modele,
Ay-je lieu d'esperer? qu'auez vous fait pour moy?
Qu'a permis ma fortune? auez vous veu le Roy?
Ha! i'apprends sa réponse en la vostre si lente!
Cette douleur muette est vne voix parlante,
Parlez parlez, le sort ne frappe plus en nous,
Que des cœurs de long-temps endurcis à ses coups.

D. BERNARD.

Quelle offence Dom Lope, aueugle ou volontaire,
Vous a si fort du Roy suscité la cholere?

D. LOPE.

Moy l'offencer helas! moy m'adresser au Roy,
A qui par tant de sang i'ay signalé ma foy!
A moy, me reprocher vn crime qui le touche!
Et ce reproche encor sortir de vostre bouche!
Vous m'estiez trop benins, ô destins inhumains!
Et voicy de vos coups, le seul dont ie me plains:
Si c'est vn crime helas! d'auoir fait de mes veines,
Aux champs de ses combats de sanglantes fonteines;
Et plus mon ennemy, que touts ses ennemis,
M'estre mis en l'estat, où mon zele m'a mis;
M'estre par vne ardeur illustre & non commune,
Liuré seul en ostage aux mains de la fortune,
Et contre mon visage à moy-mesme inhumain,
Auoir en sa faueur armé ma propre main;
Si pour ces actions sa haine est legitime,
I'en souffre le reproche, & confesse mon crime;
Mais ailleurs des bienfaits & des vœux eternels
Seroient le chastiment de pareils criminels.

D. BERNARD.

Quelque ressort du Ciel où nous ne voyons goutte,
Fait prendre à nos destins cette diuerse route,
Fait que par des nœuds d'or, le Roy m'attache à luy
Et parsemant de fleurs le chemin que ie suy,
Semble épuisé pour moy, d'influences benignes,
Ne pouuoir sur vos pas semer que des espines;
Mais ses descrets sans doute aussi sages que saints
Sous vn si grand malheur cachent de grãds desseins;
I'en presume pour vous quelque grande aduanture
Et doute auec raison si ma route est plus seure.
Au premier mot enfin que i'ay parlé pour vous;
Le Roy s'est emporté d'vn si boüillant courroux,
Et palissant m'a veu d'vn regard si farouche,
Qu'à peine auois-je ouuert, qu'il m'a fermé la bouche;
Ne se plaint pas de moins que d'vne trahison,
Et nous à deffendu iusques à vostre nom;
Mais pendant que le temps essuyera sa colere,
Cher de Lune, & de grace, acceptez ma priere;
Contez tout mon credit, mes biens, mes qualitez,
Moins au rang de mes biens que de vos dignitez;
Tenez malgré le sort dans ce malheur extréme,
Touts les bienfaits du Roy, comme faits à vous-mesme;

L'heur le mieux estably, n'est asseuré de rien,
Et peut-estre qu'vn iour vous me le rendrez bien:
Nul bien n'est immortel qu'apres que nous le sommes,
L'homme est mal asseuré, quand il se fie aux hommes.
Ce qu'on gaigne bien-tost, se peut perdre dans peu,
Tout dépend du hazard & la vie est vn feu.

D. LOPE.

Là: plustost mon malheur dure autant que ma vie;
Que iamais aucun traict ou de haine ou d'enuie,
Attaque la plus noble & plus rare vertu,
Dont iamais conquerant ait esté reuestu?
Quelque important dessein qu'eut pour moy la fortune,
Ie tiendrois sa faueur à ce prix importune;
Le Roy vous fait iustice, & parmy ses sujets,
N'a point pour ses faueurs de si dignes obiets,
Il ne peut plus sans vous regner, qu'il ne succombe,
Et vous ne pouuez choir que son trône ne tombe.

D. BERNARD.

Au reste Dom Carlos prest de nous inuestir,
Sans perdre vn seul moment nous presse de partir,

Et de faire marcher nos trouppes ramaßées,
Contre ses legions desia trop auancées;
Vostre bras peut du Prince y vaincre le courroux,
Et certain du succés, si ie le suis de vous,
I'oze esperer de voir au retour de l'armée,
Vostre malheur ceder à vostre renommée;
Mais le temps presse.

D. LOPE.

Helas cette neceßité,
De mon destin encor marque la dureté!
Et suiuant de l'honneur l'ordonnance importune,
Ie manque vn rendez-vous, d'où dépend ma fortune.
Mais ô puissants motifs des esprits genereux!
Gloire, deuoir, honneur, triomphez de mes vœux;
Pour seruir qui nous hait, negligeons qui nous ayme,
Et suiuons la vertu pour l'amour d'elle mesme.

D. BERNARD.

Mais si ce rendez-vous, vous importe si fort:

D. LOPE.

Laissons en l'importance au caprice du sort;

Et formons nous plutoſt à ſouffrir ſes outrages ;
Qu'à laiſſer de ſon gré dépendre nos courages ;
Faiſons tant qu'à la fin de ma gloire confus ,
Il ſe laiſſe conter au rang de mes vaincus.
L'adorable beauté qui flatte mon attente ,
Vaut bien de mon courage vne preuue importan-
te :
Et me priuer vn ſoir du beau iour de ſes yeux ,
Pour vne occaſion de l'en meriter mieux.

ACTE IV.

SCENE PREMIERE.

LE ROY, LE COMTE, LEONOR, Suitte de GARDES.

LEONOR venant d'vn costé, le Roy de l'autre.

Sire, si cette amour dont vous m'auez flattée,
Qu'à ma confusion, i'ay si peu meritée;
Quoy que sans interest, a quelque verité,
I'en demande vne preuue à vostre Majesté.

LE ROY.

D'vn droict plus absolu sur moy que sur vous mesme,
Sans reserue exercez vostre pouuoir supréme;
N'employez à vostre ayde, autre que vostre soin,
Et faites vous le bien dont vous auez besoin;

Vous verrez en effet si cette amour vous flatte,
Ie feray vanité d'obliger vne ingrate;
Et de persuader vn insensible objet,
Qu'encor que souuerain, ie l'adore en sujet;
N'oze nourrir pour luy de flame intereßée,
Ny iusqu'à vos faueurs esleuer ma pensée;
D'vn souuerain empire accomplissez vos vœux,
Et dites seulement ie commande & ie veux;
Vous mesme exaucez vous.

LEONOR.

Vous agreerez donc, Sire,
Qu'en faueur de Perés i'exerce cet empire;
Comte, du Secretaire, allez briser les fers,
C'est par mon ordre, allez.

LE COMTE.

Madame, ie vous serts.

SCENE II.

SCENE II.

LE ROY, LEONOR, GARDES.

LE ROY.

I'Ay peine à conceuoir quelle humeur inegale,
Vous faisant mal-traicter vne flame royale,
Vous fait prendre interest en l'amour d'vn vassal.

LEONOR.

Ie comprends beaucoup moins vostre esprit inegal;
Qui ne vous souffrant point de flame interessée,
Et dans ce grand respect restraignant sa pensée,
S'ombrage toutefois d'vn acte de pitié,
Non pas de mon amour, mais de mon amitié.

LE ROY.

Par quel orgueil peut-on meriter vostre haine?
Si l'amitié vous fait luy remettre sa peine,
A luy que i'ay surpris vous traçant son amour,
Que sa main insolente osoit bien mettre au iour;
Et vostre authorité protege son audace,
Apres qu'à Dom Bernard, i'ay refusé sa grace.

LEONOR.

Sa naissance, Seigneur, & sa condition
Iustifieront tousiours mon inclination:
Et croyant proposer vn soupçon legitime,
Vous auriez mal assis l'honneur de vostre estime.
C'est vne peur aussi qui ne me peut frapper,
Et ie prends peu de peine à vous en detromper.

LE ROY.

Ce n'est pas d'à present, insensible, inhumaine,
Que pour mes interests vous prenez peu de peine;
Et que de vos rigueurs mon esprit combattu,
Est forcé d'exercer vne austere vertu.

LEONOR.

Qui peut impunément prendre toute licence,
Doit d'autant moins vouloir qu'il a plus de puissance:
Et n'acquiert touts les vœux, qu'en moderant les siens:
Se posseder soy-mesme est le plus grand des biens;
Aux Rois no plus qu'à nous, tout n'est pas legitime.

LE ROY.

O raison incommode! importune maxime!

Qui disposant de nous faites d'vn Potentat,
Moins vn Prince absolu qu'vn serf de son Estat;
Si vous ne permettez des mains Souueraines,
Vn libre attachement, & le choix de leurs chaisnes,
Quel est dõc nostre Empire, & par quelles rigueurs
Faut-il former des vœux où repugnent nos cœurs!

LEONOR.

Aussi bien que l'Estat, l'Honneur a ses maximes,
Qui font sans nostre hymen nos vœux illegitimes;
Et l'inegalité de nos conditions,
N'admet ny nostre hymen, ny nos affections.

LE ROY.

Ainsi donc que le mal, donnez la medecine,
Pour en coupper le cours, couppez en la racine;
Et dans l'inquietude où ie languy pour vous,
Reprimez mes souhaits par le choix d'vn espoux;
Pour m'oster tout l'espoir pour qui mõ cœur souspire,
Faites vn possesseur des faueurs où i'aspire;
Faites vn homme heureux, si quelqu'vn dans ma Cour,
A des conditions dignes de vostre amour.
Quelque haute splendeur dont l'eclat l'enuironne,
En quelque illustre employ qu'il serue ma Couronne,

Quoy qu'il possede enfin capable de charmer,
Il ne vous coustera qu'vn souhait à former,
Et mon mal de son bien tirera son remede.

LEONOR.

Il n'est point de faueur que cette offre n'excede,
Et puis qu'il m'est permis de choisir mon vainceur;
I'oze me declarer, & vous ouurir mon cœur:
Le vol quoy qu'esleué, que mon amour se donne,
N'a point pour but, vn frõt chargé d'vne couronne;
Mais vn bras qui vous sert & qui s'en peut donner,
Quand son ambition le voudra couronner.
Vn qui veut bien dépendre, & vassal volontaire,
Sous le ioug de vos loix, tient le sort tributaire;
Luy seul si quelque obiet peut sur ma liberté,
Pretendre quelque atteinte, ou quelque autorité;
De ce leger honneur peut flatter son attente.

LE ROY.

Nommez le donc.

LEONOR.

Son nom, est... Mais voicy l'Infante.

SCENE III

L'INFANTE, LE COMTE, LE SECR.

LE ROY, GARDES.

LE SECRETAIRE à genoux.

Sire, quels vœux rendray-je à vostre Maje-
sté?

LE ROY.

Ie n'ay pas ordonné de vostre liberté:

LEONOR.

C'est moy qui vous la rends pour vous l'auoir rauie,
Et sa perte sans moy, vous eut cousté la vie;
Soyez en moins prodigue, & menagez la mieux.

L'INFANTE.

Seigneur, ce Dom Bernard ce vainceur glorieux,
Qui de tant de Heros efface les Histoires,
Et qui peut moins conter de iours que de victoires,

Dont presque les succés precedent les souhaits,
Suiuy de tout le peuple entre dans le Palais,
A sa reception sa vertu vous inuite.

LE ROY.

Allons & rendons luy l'accueil qu'elle merite;
Faisons en vn exemple illustre à nos neueux,
Et comme ses trauaux, rendons ses prix fameux.

LEONOR bas.

Tu m'opposes amour, vne forte aduersaire,
Mais i'ay contre la sœur, la promesse du frere;
Et ce gage royal asseure mon espoir,
Contre tout ce qu'elle a de charme & de pouuoir.

SCENE IV.

D. BERNARD auec le baston de General.
D. LOPE, LAZARILLE, SOLDATS.
LE ROY, L'INFANTE, LEONOR.
D. LOPE entrant dit à l'oreille à D. Bernard.

QVelque part que mon bras ait en vostre victoire,

Des menaces du Roy conſeruez la memoire;
Et taizez luy mon nom au recit du combat.

D. BERNARD.

Ie parleray de vous, ſous le nom de ſoldat.

LE ROY l'embraſſant.

Quoy c'eſt vous Duc d'Alcale, honneur de ma Prouince,
Glorieux compagnon des ſoins de voſtre Prince!
Voſtre retour ſurprend, & pour vous les inſtants
En gloire ſi feconds, font l'office des ans;
Ie doits aux actions dont voſtre hiſtoire eſt plaine,
Vn triomphe au deſſus de la pompe Romaine:
Mais attendãt ce prix de vos exploits vainceurs,
Commencez par celuy des eſprits & des cœurs;
Et liſez ſur les fronts l'allegreſſe publique,
Dont en voſtre faueur, toute la cour s'explique;
Poſſedez voſtre gloire & cependant contez,
Albe, Vrgel, & Venoſque entre vos qualitez.

D. BERNARD.

Ha, Sire! à vos bienfaits impoſez des limites:

LE ROY.

Ils n'en auront iamais non plus que vos merites;

Apprenez nous enfin le plus grand des exploits,
Qui me font le plus grãd & le plus craint des Rois.

D. BERNARD.

D. Bernard ſalue l'Infante & Leonor

Si toſt que i'eus reioinct vos legions fideles,
Degoutantes encor du ſang de vos rebelles,
Et les cœurs encor pleins des nobles ſentiments,
Qui portent aux progrés des grands euenements.
Ce grand corps pour ſon chef au trauail inſenſible,
Cet inuincible bras d'vn Monarque inuincible;
Marche ſous le pouuoir que vous m'auiez commis,
Et bruſle de ſe rendre au camp des ennemis;
Nous marchons iuſqu'au point que de ſes voiles ſombres,
La nuict ſur l'vniuers vient eſtendre les ombres,
Et que deux eſpions ſurpris à Laugarez,
M'apprirent effrayez que l'armée eſtoit prés;
A ce bruit épandu le ſang boüt, le cœur vole,
Nous trouuons en la nuict vn obſtacle friuole,
Nous marchons ſans broncher dans les plus ſombres lieux,
Pour y guider nos pas, nos cœurs nous ſeruẽt d'yeux,
Et l'ardeur qui conduit nos armes inuincibles,
Craint d'autãt moins les coups, qu'ils ſeront moins viſibles;

Enfin

Enfin dans le silence & l'ombre de la nuict,
Par vn taillis espois, nos rangs filants sans bruict,
Et de tous les costez chacun prettant l'oreille,
Dans ce calme profond, vn bruit sourd nous réueille;
Que du commencement nous ne distinguons pas,
Mais qui s'esleue enfin & croist à chaque pas,
On fait alte, & la doute est bien-tost confirmée,
Nous discernons au bruit la marche de l'armée;
Ie cueille les aduis en ce besoing instant,
Autant à nostre honneur qu'à l'Estat important.
Et le dessein formé, faits donner les alarmes,
Par vn son de tambours, de trompetes & d'armes,
Capable par son bruit d'exciter tant d'horreur,
Que parmy tout le Camp il iette la terreur:
Pendant qu'il delibere au coup de ce tonnerre,
Dans vn canton du bois le nostre se resserre;
Et chacun (mais toûjours par le soin que i'en prẽds)
En estat de donner, s'y couche dans ses rangs;
Sur ce temps vn soldat de merite & de marque,
Pour qui i'aurois besoin, ô genereux Monarque,
De toute l'eloquence & de toutes les voix,
Dont le Senat Romain retentist autresfois;
Et que l'antiquité donne à la renommée,
Tirant vn Camp-volant du gros de nostre armée;

Descend vne colline, & d'vn cœur indomté,
Fauorisé des lieux & de l'obscurité,
Par vn sentier secret se iette où l'aduersaire,
Dessus cette surprise, effrayé delibere;
Il lasche apres le pied, recule en combattant
Feint de faire retraite, & retourne à l'instant;
Suit enfin si long-temps ce genereux caprice,
Et donne aux ennemis vn si long exercice,
Que les plus aguerris, & les plus gens de cœur,
Perdent en ce trauail leur plus masle vigueur,
Pendant que dans le bois à l'abry de l'orage,
Des nostres reposants, la force se mesnage.

LE ROY.

Sous ce nom de Soldat il parle de ses faits,
Et veut, taisant le sien, s'épargner mes bienfaits.

D. BERNARD.

A peine de la nuict, le iour tiroit les voiles,
Et de ses traits dorez faisoit fuyr les Estoiles,
Que nos gens reioignant ce genereux soldat,
Delassez, frais, dispos, & bruslans du combat,
Ont paru dans la plaine & fait voir sur leur face,
Aux ennemis tremblants leur martiale audace;
Les deux Camps approchez, enfin ce jeune Mars,
S'estant saisy d'ardeur, d'vn de nos estendards,

Pour exciter encor nos vigueurs r'affermies,
Le lançant dans les rangs des trouppes ennemies,
Retirons, a t'il dit, Cœurs nobles & vaillants,
Les drappeaux d'Arragon des mains des Castillants;
Donnons mes compagnons. A ce mot il s'auance,
Le Cimetere en main comme vn foudre s'eslance,
Et sans rien redouter passant de rang en rang,
A tout le Camp qui suit, fraye vn chemin de sang;
Tout l'obstacle où nos bras lançent nostre tonnerre,
Contre nostre valeur, ne semble que du verre;
A ce choc, l'ennemy desia demy destruit,
Par l'incommodité du trauail de la nuict,
Deffend si foiblement & sa vie & sa gloire,
Qu'il semble hors d'espoir, negliger la victoire;
Et nous vouloir oster preuoyant son malheur,
La gloire que l'obstacle apporte à la valeur.
Ce noble cœur enfin pour presser sa conqueste,
Du premier qu'il rencontre ayant tranché la teste;
Et l'exposant en veuë à touts les deux partis,
Le Ciel (dit-il) est iuste, & nous a garantis;
Ce bras, de Dom Carlos, vient d'expier l'audace.
Le sang des ennemis à ce discours se glace,
Et les plus fiers du sort detestants la rigueur,
A peine pour la fuitte ont assez de vigueur;

Tout nous fait iour, tout ploye, & par ce stratagesme,
Nostre victoire arriue à sa gloire supréme;
Ie n'ose vous nommer ce demon des combats,
Mais ie le nomme assez en ne le nommant pas:
Et n'en puis mieux parler que par la violence,
Qui me ferme la bouche, & m'oblige au silence;

LE ROY à l'Infante.

C'est assez le nommer, que de taire son nom.

L'INFANTE.

Certes sa modestie est sans comparaison.

LEONOR bas.

O vainqueur fortuné que le ciel me destine!
Que ne peut point ton bras, si ton œil assassine!

LE ROY.

Ce que vous auez dit, & que vous auez teu,
M'apprend de ce soldat, le nom & la vertu;
Et mon foible pouuoir sçait trop à quoy l'inuite,
L'inestimable excés d'vn si rare merite.

L'INFANTE bas.

Mon cœur est le seul prix digne de sa valeur.

D. LOPE à LAZARILLE.

Ma patience enfin lassera mon malheur:

LAZARILLE.

Mesnagez donc le temps & vous faites cognoistre,

D. LOPE.

Attendons que le Roy m'ordonne de paroistre.

D. BERNARD.

Dom Nugue, & Dom Bernard en ce dernier combat,
De leur zele ordinaire ont seruy vostre Estat;
Et peu dans cette histoire ont mieux gagné leur place.

LE ROY.

Deux Comtez leur seront des ar es de ma grace;
Mais ie cherche, Admiral, & ne voy point de quoy
M'acquitter enuers vous de ce que ie vous doy.

D. BERNARD.

Sans plus reuer, Seigneur, ce penser vous acquitte,
Que de l'heur d'estre à vous dépend tout mõ merite;
Que c'est de vos bontez que ie tiens tout mon bien,
Que ie suis auiourd'huy, qu'hyer ie n'estois rien;

Que mon destin sans vous n'a que l'eclat du verre,
Et qu'ayant comme Dieu fait vn homme de terre,
Comme Dieu quelque iour, vous le pourrés chasser,
Et de vostre presence & de vostre penser.

LE ROY.

Puissay-ie à son courroux estre à iamais en butte,
Et mon trône tomber le iour de vostre cheutte.
Ie cognois ma foiblesse, & sçay que ie ne puis,
Faire rien d'immortel, mortel comme ie suis;
Mais ie mettray mon heur, & ma gloire supréme,
A me faire vn vassal plus puissant que moy-méme,
Et voir par l'vnion que produiront nos vœux,
Douter à l'Arragon qui regnera des deux;
Puisque ma paßion apres tant d'auantures,
Comme vostre vertu doit estre sans mesures.

L'INFANTE bas.

Sans moy ie le croy pauure auecques tant de bien,
Et ne me donner pas, c'est ne luy donner rien.

LEONOR bas.

Ses bienfaits sont trop peu pour son merite extréme,
S'il ne luy fait encor vn present de moy-mesme.

Touts s'en vont, le Roy conduit Leonor, & D. Bernard l'Infante.

SCENE V.

DOM LOPE, LAZARILLE.

D. LOPE.

QVoy: de tant de fumée il flatte mon espoir,
Et plain de mon estime, il s'en va sans me voir?
Quoy! d'vne telle amour i'oze nourrir l'attente,
Et ne me puis vanter d'vn regard de l'Infante;
Moy qui des mains du frere & des yeux de la sœur,
M'estois (à ce retour) promis tant de douceur:
Est-ce que l'vn differe, & l'autre dissimule:
Mais, ô friuole espoir vanité ridicule:
L'vn auec tant d'estime, & l'autre tant d'amour,
N'auroient pas d'vn regard, honoré mon retour;
Mais voicy ....

SCENE VI.

DOROTHEE, D. LOPE.

DOROTHEE.

QVoy Dom Lope, vne ardeur si sensible,
Rencontre-t'elle en vous vne ame inaccessible?
Ie croyois qu'en amour, traicter si froidement,
Ne fust vne vertu que pour nous seulement;
Quel roole ioüerons nous, chetifues que nous sommes,
Si la rigueur deuient la qualité des hommes?
S'ils refusent des vœux à des vœux mutuels,
Vrayement il vous sied bien de faire les cruels;
Et vouloir vous mesler de nostre personnage,
Vous que le Ciel n'a faits que pour nous rendre hommage,
Que pour ployer le col sous nostre authorité,
Et nous faire tribut de vostre liberté!

D. LOPE.

Il paroist par l'acceuil que m'a fait Violante,
Que cette qualité me seroit messeante,

Et

Et l'on redoute peu la vigueur d'vn Amant,
Qu'on ne daigne honorer d'vn regard seulement.

DOROTHEE.

Qui manque vn rendez-vous, fait bien voir qu'il
neglige
Les plus cheres faueurs dont vne Amante oblige.

D. LOPE.

I'ay differé d'vn soir, les offres de mes vœux,
Pour l'aller meriter par vn exploit fameux;
Et signalant mon nom en ce combat insigne,
N'ay manqué de la voir, que pour m'en rendre di-
gne.

DOROTHEE.

Ie sçay bien que l'amour marche apres le deuoir,
Vostre excuse est de mise, & se peut receuoir:
Mais pour tout reparer, & voir si l'on vous ay-
me,
Venez ce soir au parc, la proposer vous mesme;
Est-ce vous témoigner vn cœur assez espris,
Qu'auec vne faueur chastier vn mespris?
Au reste cette amour tendant à l'hymenée,
Iugez de la grandeur qui vous est destinée.

M

D. LOPE.

Puis-je si malheureux n'auoir pas pour suspect,
D'vn astre si malin ce fauorable aspect?

DOROTHEE.

Elle a ce seul regret de n'estre pas pourueuë,
De toute la beauté qui peut charmer la veuë.

D. LOPE.

Quel plus diuin obiet peut enchanter les sens?

DOROTHEE.

Et de voir que desia l'auare faulx du temps,
Ait de ses plus beaux iours rauy quelque partie.

D. LOPE.

Ie ne puis que répondre à tant de modestie,
Que par tout le respect & la confusion,
Dont vn cœur est capable en cette occasion.

DOROTHEE.

Elle pretend de plus auant que le iour passe,
Par vn gage amoureux vous confirmer sa grace;
Lazarille auec moy viendra le receuoir.

D. LOPE.

O caprices du ſort qui vous peut conceuoir !
Contraire il aſſaßine, & fauorable accable,
D'vn heur ſi ſurprenant, vn homme eſt-il capable?

LAZARILLE.

Auec la vanité dont vous vous paiſſez tous,
Vous tiendrez pour affront que le Ciel pleu ſur vous;
De plus puiſſants que vous, acceptez tout ſans honte,

DOROTHEE à LAZARILLE.

Vien.

LAZARILLE la ſuiuant.

Ie reuiens, & vous en rends bon conte.

SCENE VII.

D. BERNARD, D. LOPE.

D. BERNARD.

I'Admire (mon cher Lope) & cet estonnement,
Me laisse sans discours & sans raisonnement;
Le courroux obstiné, dont le Ciel vous outrage,
Et sa lenteur extréme à vous tourner visage;
Le Roy....

D. LOPE.

Quelque malheur dont ie sois combattu;
Vn fort espoir renaist à ma foible vertu;
En suitte de mes maux dont le torrent s'écoule,
Les biens semblent, comme eux, me venir tout en foule,
Ce ciel qui me sembloit mesme plaindre le iour,
S'espuise en ma faueur par les mains de l'amour;
Pardonnez, Admiral, si mon trop long silence,
Vous a de ce beau mal caché la violence;
Puisque ie croyois moins par ma discretion,
Vous taire vn iuste espoir, qu'vne presomption;
Mais pouuãt auiourd'huy fonder cette esperance,

Sur vne trop solide & trop claire apparence;
Ie vous dois reueler cet important secret,
Que ie ne puis verser dans vn sein plus discret:
Mais craignant d'euenter vne si belle flame,
Cherchons vn lieu plus propre à vous ouurir mon ame;
Et pouuoir moderer par vos sages aduis,
Le transport surprenant dont mes sens sont rauis.

D. BERNARD.

I'ay bien creu que du ciel la iustice future,
Vous deuroit reseruer quelque haute aduanture;
Et que ses iugements aussi sages que saincts,
Sous de si grands malheurs cachoient de grands desseins.

ACTE V.

SCENE PREMIERE.

DOM BERNARD seul.

IAlouse passion, dangereuse couleuure,
Qui pour nuire ou creuer, mets tout poison en œuure;
Fille à qui te fait naistre ingrate & sans pitié,
Au moins tuant l'amour, épargne l'amitié;
Et ne m'engendre pas d'vne rage commune,
Et l'oubly de l'Infante, & la haine de Lune!
De Lune dont les faits m'ont seruy de degrez,
A monter à des rangs de tant d'yeux reuerez;
Ce de Lune inuaincu dont la valeur extréme,
A tant fait pour ma gloire, & si peu pour luy-méme.
Laissons libres ses vœux à de libres appas,
Et complices du sort, ne l'entreprenons pas.
Sa rage assez long-temps contre luy mutinée,
A sous vn mauuais astre ourdy sa destinée:

Souffrons luy les aspects de douceur & d'amour,
Dont l'honore auiourd'huy l'astre de cette Cour:
La voicy, cachons nous, & détournons la veuë
De ce beau bazilic, qui charme, mais qui tuë.

SCENE II.

L'INFANTE, D. BERNARD.

L'INFANTE.

QVoy me fuyr, Admiral! quoy vouloir m'é-
uiter!
Ay-je des qualitez à tant espouuanter?

D. BERNARD.

Vous resuiez, & i'ay creu que quelque inquietude,
Vous obligeoit, Madame, à cette solitude.

L'INFANTE.

Il est vray, mais vous seul me pouuez releuer,
Du soin qui m'inquiete & qui me fait réuer
Auiourd'huy Dom Bernard que la Cour vous con-
temple,
Dans le plus haut éclat, d'vn Heros sans exemple;

Qu'on vous voit auec ioye, autant & plus puissant,
Que fut iamais vassal d'vn Roy recognoissant ;
Que l'vn & l'autre sexe, en vostre heur s'interes-
sent,
Les Dames sont en peine à qui vos vœux s'adres-
sent,
Et quels heureux appas, en la guerre des cœurs,
Remporteront sur vous le titre des vainqueurs ;
Car vous ne voudriez pas qu'on vous creût inuin-
cible
A la force d'vn sexe, à qui tout est possible ;
Qui se peut tout sousmettre, & de qui les regards
Forçoient les Scipions, & domptoient les Cesars.
Cét honneur s'estant donc fait tant d'ambitieuses ;
Moy comme la plus ieune & des plus curieuses,
I'ay voulu me charger de la commission
De leur faire sçauoir vostre inclination ;
Et c'estoit le suiet de mon inquietude.

D. BERNARD.

Mon plus ardent desir & ma plus chere estude,
Sont de seruir ce sexe adorable & charmant,
Dont tousiours la conqueste honore en desarmant.

L'INFANTE.

Ces termes generaux me laissans incertaine,
Me laissent sans moyen de les tirer de peine ;

Et

Et ne nous obligeant que d'vn deuoir commun,
Pour seruir trop d'obiets, vous n'en seruez pas vn.

D. BERNARD.

Vous m'ordonnez, Madame, vn excez d'insolence
Qu'ont assez publié mes yeux & mon silence,
Et quelque viue ardeur dont on soit enflammé,
L'importance n'est pas d'aymer, mais d'estre aymé;
Et fonder son espoir dessus quelque apparence.

L'INFANTE.

Craignez vous de déplaire? aymez sans esperance,

D. BERNARD.

Restrainct dans ce respect ie puis vous obeyr,
I'ayme donc vn obiet que nul ne peut hayr;
Qui par vos propres yeux vous a cent fois rauie,
Que seule vous pouuez contempler sans enuie.
Qui vous contemple aussi, sans en estre jaloux,
Et qui n'a rien d'intime & de cher comme vous;
Vn tresor preferable à toute ma fortune,
Le seul Soleil enfin digne de cette Lune,
Qui se fait redouter partant d'effets diuers;
Et qui peut en son cercle enfermer l'Vniuers.
Par vostre sage aduis souffrant sa preferance,
I'ayme sans interest, & sers sans esperance.

Ie voy ce clair Soleil, ie tremble à son aspect,
L'amour pour l'amitié s'impose ce respect;
Il s'en va. *L'interest de l'amy m'esloigne de l'amante,*
Mais le temps éteindra cette ardeur, Violante;
Ie l'ay nommée, adieu.

SCENE III.

L'INFANTE seule.

De ce propos confus,
Qu'ay-je lieu d'inferer ou dessein, ou refus;
Ie cherche des clartez, & n'en rencontre aucune,
Ny dedans ce Soleil, ny dedans cette Lune;
Pour me tirer de soin, i'augmente mon tourment,
Et voulant m'éclaircir, crois mon aueuglement.
A chercher toutefois le sens de ce langage,
Quelque rayon de iour penetre ce nuage;
Cette Lune feconde en tant d'effets diuers,
Et qui peut en son cercle enfermer l'vniuers,
Est le Prince mon frere, ame de cet empire,
Et ce Soleil pour qui l'vn & l'autre souspire,
Est cette Leonor, pour qui toute la Cour
N'a plus que des regards de respect & d'amour;

Mais si la jalousie auec quelque iustice,
A iamais dans vne ame exercé son caprice;
Ie rabbatray le vol de sa temerité,
Auecques tant d'empire & de seuerité,
Et sçauray de tel air ranger ce grand courage,
Que iamais sa beauté ne causera d'ombrage.

SCENE IV.

D. LOPE, L'INFANTE.

D. LOPE.

VNe fois declaré le sort nous rit tousiours,
Voicy l'Infante, Amour, i'implore tō secours;
Ie tremble à vostre approche, & mon respect, Madame,
Auec touts ses efforts veut retenir ma flame;
Mais ma flame plus forte enfin que mon respect,
M'expose à soustenir vostre adorable aspect;
A l'ardeur de vos feux mon ame accoustumée
Sçait qu'elle ne peut plus en estre consommée;
Son repos se rencontre en son embrazement,
Et ce qui la détruit, deuient son aliment;

Quoy que par ma naissance à la vostre inegale,
Mon espoir s'esleuant aussi-tost se rauale,
Et que ie semble prendre vn vol trop arrogant....

L'INFANTE estonnée.

O Dieu! que veut ce fol! & cet extrauagant?

D. LOPE.

Vos propres mains, Madame, ont auoüé l'audace,
De ce feu qui chez vous rencontre tant de glace;
Et m'ont fait esperer quand vos yeux m'ont blessé.

L'INFANTE.

Qu'entends-je! hola, quelqu'vn, chassez cet insensé.

D. LOPE.

A tort de mes tributs vostre beauté s'irrite,
Ie ne suy que la loy que vous m'auez prescrite;
Ie brusle par vostre ordre, & par luy ie vous serts;
Il m'allume mes feux, il m'attache mes fers;
Et ma sousmission plus que mon arrogance......

L'INFANTE.

Dieu! quelle frenaisie, & quelle extrauagance!

D. LOPE.

Il ne me manquoit plus que cette qualité.
Mais de quel vain espoir m'auez vous donc flatté?

L'INFANTE.

Le fureur le saisit, ie crains quelque disgrace,
Aucun ne vient, fuyons & cedons luy la place.

D. LOPE.

Quoy fol & furieux! ô Ciel! mais le Roy vient.

L'INFANTE.

Sire, oyez quels discours cet insensé me tient.

SCENE V.

LE ROY, GARDES, D. LOPE.

L'INFANTE.

D. LOPE.

ESprouuons auiourd'huy sa haine ou son estime,
Ouurons nous, oyons tout, le desespoir anime.

Sire, apres des rebuts si long-temps éprouuez;
Ie demande audience, & vous me la deuez;
Tout mon corps vous parlant par de sanglantes bouches,
Dont il auroit touché les cœurs les plus farouches,
N'a pû dans vostre sein treuuer le cœur d'vn Roy,
N'ayant pû vous resoudre à rien faire pour moy;
I'ay donc lieu de tenter si la voix ordinaire,
N'y rencontrera point vn cœur plus debonnaire;
La vertu rebutée apres tant de mespris,
Sans ternir son éclat, peut demander son prix:
Ie pourrois (il est vray) passer pour temeraire,
Si ie vous proposois vne vertu vulgaire,
Mais la mienne est celebre, & peu sans vanité,
Ont fait ce que i'ay fait pour vostre Majesté:
Et i'aprends toutefois pour tout fruict de mon zele,
Que vous me soupçonnez du titre d'infidele.
Moy traistre, moy perfide! en quoy Roy d'Arragon,
D'vne tache si noire ay-je soüillé mon nom?
Et merité de vous l'iniuste violence,
Qui veut l'enseuelir dans la nuict du silence?

LE ROY.

Que veut cet homme! ô Ciel!

D. LOPE.

Homme! oüy sans me flatter,
C'est vne qualité dont ie me puis vanter:
Oüy, Seigneur, ie suis homme, & quelquefois plus qu'homme,
Quand ie crois trop l'ardeur qui pour vous me consomme,
Et quand dans les dangers où l'on me voit courir,
Ie crois estre immortel & ne pouuoir perir.

L'INFANTE.

Iugez quel embarras me causoit sa rencontre?

D. LOPE.

Iuste Ciel!

LE ROY.

Est-il fol?

L'INFANTE.

Son geste vous le monstre?

D. LOPE s'approchant du Roy.

Mon mauuais sort, Grand Roy.....

LE ROY se retirant.

Passe, que me veux-tu?

D. LOPE.

A quelle épreuue ô Cieux! mettez vous ma vertu?

AV ROY.

Si de l'abord des Rois le merite est indigne.....

LE ROY.

Gardes mettez le hors! ô la folie insigne!

1. GARDES le tirant par les espaules.

Tost dehors:

D. LOPE.

O mon cœur! ô mes bras indomptez!
Vous m'auez procuré de belles qualitez,
Pour auoir si bien fait nostre fortune est grande,
Quand on sert on est sage, & fol quand on demande.

SCENE V.

SCENE V.

LE ROY, L'INFANTE.

LE ROY.

CE sol peint par ces mots, mon destin rigoureux,
Et me fait le portraict de moy-mesme amoureux;
Ie brusle sans espoir, ie serts sans recompense,
Mon seruice est souffert, & ma priere offence;
L'estat, ma cher sœur, où Dieu m'a destiné,
Comme ie le regis, m'a tousiours gouuerné;
I regnant, i'ay suiuy les loix qu'il m'a données,
I'ay dans ses interests mes passions bornées;
Ie les espousois seuls; mais auiourd'huy l'amour
Plus absolu que luy, veut regner à son tour.
Il ne peut plus souffrir qu'en l'ardeur qui me presse,
Il contraigne son maistre au choix de sa maistresse;
Et disposant de moy fasse d'vn Potentat,
Moins vn Prince en effet, qu'vn serf de son Estat;
En cette passion l'interest de Cabrere;
Seul preferable au mien pourroit m'estre contraire;

A quoy que Leonor me reduise aujourdhuy,
Ses mepris me plairoient, ses vœux estants pour luy,
Et mon respect iroit iusqu'à la deference,
De pouuoir, en amour, souffrir sa preference.

L'INFANTE.

Ha! vous pouuez, Seigneur, esleuer vn vassal,
Au rang d'vn fauory, mais non pas d'vn riual;
Si ce respect en vous treuoit tant de foiblesse,
S'il estoit si puissant pres de vostre maistresse;
A quel poinct son pouuoir ne s'estendroit il pas,
Et dessus vos sujets, & dessus vos estats?

LE ROY.

Dedans les sentiments que sa vertu m'inspire,
Luy pouuant aussi bien déposer mon Empire,
Que la pretention d'vn object amoureux,
Ie voudrois couronner son front, comme ses yeux.
Sondons de qui son cœur recognoist la puissance,
Pour m'en faire vne loy d'espoir ou de deffence;

L'INFANTE le suiuant.

Enfant pere des arts, Ingenieux tourment,
Fay regner ma riuale & m'acquiers mon amant.

SCENE VI

D. BERNARD, D, LOPE.

D. BERNARD.

QVoy rien ne vous succede? & le Prince & l'Infante,
De cet indigne accueil ont traicté vostre attente?

D. LOPE.

Ils m'ont traicté d'vn nom que i'ay bien merité,
Si quelque espoir encor flatte ma vanité,
Si sacrifiant plus à mes erreurs passees,
I'en fais le fondement de mes folles pensees;
Et si dans les perils d'vne fameuse mort,
Ie ne vais contenter la cruauté du sort.
I'ay veu cent fois le port; & la vague plus forte,
Quand i'y pense arriuer à l'instant me r'emporte;
I'ay faict tout ce que peut pour preuue de sa foy,
Vn captif pour sõ maistre, vn subiect pour son Roy;
En mille occasions i'ay la parque affrontee,
Mesme par les mespris ma foy s'est excitee;

Et plus i'ay pour l'estat acheué de trauaux,
Plus il me fait d'iniure, & se rit de mes maux;
La terre ainsi de fleurs & de moisson parée,
Est prodigue à la main, dont elle est dechirée,
Et d'vn seruile effort ranimant sa vigueur,
Donne à qui plus contre elle exerce de rigueur;
Mais le plus rude affront dõt ie ressents l'atteinte,
Est ce fatal appas, cette mortelle feinte,
Dont la superbe Infante a voulu colorer
L'espoir qu'elle semoit, pour me desesperer;
Quand ie n'ose estre Amant, on m'ordonne de l'estre,
Pour me traicter de fol, on me le fait paroistre;
Et le frere & la sœur tous deux également,
Font de mes passions leur diuertissement.

SCENE VII.

LAZARILLE, D. LOPE, D. BERN.

LAZARILLE apportant vne escharpe de toile d'or, & vne lettre à D. Lope.

TEnez, vostre fortune est en haute posture,
O le diuin obiect! l'aymable creature!

Ses charmes m'ont surpris, & iamais le Soleil,
En son oblique tour, n'a rien veu de pareil.
Ces gages vous font foy de son amour extréme.

D. LOPE.

Qui te les a donnez?

LAZARILLE.

Violante elle mesme;

D. LOPE.

Croiray-je à ses écrits, quand ses yeux inhumains,
Par vn si froid accueil ont dementy ses mains?

LAZARILLE.

Mais quelle à vostre aduis est cette Violante?

D. LOPE.

I'ay pensé sous ce nom rẽdre hommage à l'Infante!

LAZARILLE riant.

A l'Infante! écoutez, d'vn fidelle pinceau,
Ie vais de sa beauté vous faire le tableau;
Sous ce nom captieux, ie preparois ma veuë,
Aux celestes attraits dont l'Infante est pourueuë;

Mais pour toute merueille Ignés ne m'a faict voir
Qu'vn Spectre & qu'vn fantosme horrible à conceuoir,
La plus belle moitié de ce mouuant schelette,
Couché dessous son lict, & dessous sa toilette;
D'abord que i'ay monté s'aiustant auec soing,
Elle a pris ses patins pour me voir de plus loing;
Pour second ornement, i'ay veu sur ses espaules,
Vn abregé des monts qui separent les Gaules;
Son front où l'on diroit que le soch a passé,
S'esleue à hauts sillons sur vn œil enfoncé,
Qu'on peut dire vn soleil non par ce qu'il esclaire,
Mais par ce qu'il est seul &, qu'il n'a point de frere,
Le temps a pris plaisir par de longs accidents,
A ronger & pourrir l'iuoire de ses dents;
D'vn art mal agencé le plastre & la peinture,
Sur sa pendante ioüe ont caché la nature:
Rien ne la pare enfin qui ne soit emprunté.
Pour son poil il est sien, pour l'auoir achepté;
Mais il fut autresfois celuy d'vne autre teste.
Faictes en bien le vain; voila vostre conqueste
Qui chez l'Infante au reste a quelque authorité,
Mais ie ne vous puis dire en quelle qualité,
Sinon qu'elle a son nom, mais non pas son merite.

D. BERNARD.

C'est vne vielle fille & presque decrepite,
Qui la sert à la chambre, & dans quelque credit.

D. LOPE jettant la letre & l'escharpe.

Quel mortel à ce poinct fut iamais interdit?

D. BERNARD.

Moy certes, comme apres leur longue experience,
Vos maux viennent à bout de vostre patience:
I'en demeure confus & pour leur appreil,
Me treuue à bout aussi d'adresse & de conseil.

D. LOPE comme desesperé.

Et pour ton faste encor i'exercerois mes armes,
Et dans ta vanité ie treuuerois des charmes,
Et ie voudrois encor mordre à tes hameçons,
Cour ingrate où l'art seul estalle ses leçons,
Et qui hors d'vn amy dont la bonté sincere
Luy faict auoir pour moy des sentiments de frere,
N'offres dans les malheurs dont ie suis combatu,
Ny secours, ny soustien à ma foible vertu:
Cour où la valeur mesme est trop fauorisee,
Alors qu'elle est soufferte, ou n'est que mesprisee:

Cour fantosme pompeux de qui les vanitez,
Engagent la prudence à tant de lâchetez!
Cour où la verité passe pour vn beau songe,
Où le plus haut credit est le prix du mensonge;
Qui n'est à bien parler, qu'vn seruage doré,
Vn supplice agreable, vn enfer adoré;
Dans tes pieges encor ma raison retenuë,
Me pourroit arrester, quand tu m'es si cognuë?
Ie serois insensible & mes lâches tributs,
Iustifieroient enfin ma honte, & tes rebuts;
Embrassãt D. Bern. Adieu parfaict amy, seul à qui sans caprice,
La Cour est genereuse, & le sort rend iustice.
Vn mortel malheureux au poinct où ie le suis,
Par vne illustre mort doibt borner ses ennuys;
Voyant Lazarille paré de l'eschappe. Ou s'il ne perd au moins, doibt cacher vne vie,
A tant d'indignitez & d'affronts asseruie;
Lasche de mon affront veus tu porter les marques?

LAZARILLE.

Si vous n'en esperez que de sœurs de Monarques;
Et si iamais d'ailleurs nous n'en deuons porter,
Nous auons tout loisir d'aller les meriter.

D. BERNARD voulant retenir D. Lope.

Le temps peut tout changer, cependãt cher de Lune,
En ma protection bornez vostre fortune;

Si

Si vous vous esloignez, vous ostez à l'Estat ;
Sa plus noble deffense & son meilleur soldat ; D. Lope s'en va.
Ecoutez, attendez.

Il continuë seul.

O fatale aduanture !
De la haine du sort effroyable peinture !
Et leçon importante à ceux qu'il fait puissants,
De se bien soustenir en des pas si glissants.

SCENE VIII.

LE ROY, LE COMTE, LE SECRET. GARDES, D. BERNARD.

LE ROY.

Le voicy, preuenons ou sondons son attente,
Amenez Leonor, & vous Comte l'Infante ; Au Secretaire
Approchez Dom Bernard, de ce fameux Estat
Premiere creature, & second Potentat ; Embrassant D. Bern,
Le Ciel qui pour mouuoir a besoing de deux poles,
Veut que pour bien regner i'emprunte vos espaules,
Et que le lourd fardeau de mon Gouuernement,
Sur vous comme sur moy, treuue son mouuement.

D. BERNARD.

Sans reserue, Seigneur, ie dois tout à l'Empire,
Mais sous l'autorité du ioug où ie respire;
Sous vos droits absolus mes ordres sont soufferts,
Mais bien differemment, vous regnez, & ie serts.
Vn vassal peut d'vn Roy soustenir la puissance,
Mais s'il se la partage, il prend trop de licence;
Et quand de tant d'honneur il se laisse combler,
Il se charge d'vn faix qui le doit accabler:
Quand d'vn œil trop ardent le Soleil voit la terre,
Le Ciel s'en obscurcit, il s'en forme vn tonnerre,
Et par l'excez d'ardeur qu'il a mal employé,
L'obiect qu'il caressoit, est souuent foudroyé;
Peu de pluye en saison rend la terre fetile,
Où trop d'eau la submerge & la rend inutile;
Dans vos faueurs enfin laissés moy souuenir,
Que sorty du neant ie puis y reuenir;

LE ROY.

Si ie ne vous cheris d'vn amour ordinaire,
Ie n'ayme pas en vous vne vertu vulgaire,
Et la veux Couronner par vn hymen fameux,
Où mesme vostre choix n'espargne pas mes vœux,

Sans reserue voyez pour cet hymen insigne,
Tout ce qu'à vos regards la Cour a de plus digne,
Tout ce que l'Arragon a de plus esclattant,
Le present n'en suiura vos vœux que d'vn instant.

D. BERNARD.

Leur vol trop orgueilleux m'oblige à les restraindre.

LE ROY.

A quoy m'estant egal ne pouuez vous attaindre!
Vous pouuez Admiral, ie vous le dis encor,
A mon exclusion pretendre à Leonor:
Puisqu'à mon propre bien vostre heur m'est prefe-
rable,
Et que vous m'estes cher autant qu'elle adorable;

D. BERNARD.

Mon cœur quelque respect qu'il vous ayt conserué,
Oze tenter vn vol encor plus esleué;
Mais taisant ceste ardeur qui me faict meconnoi-
stre,
I'ayme-mieux me punir, que meriter de l'estre.

LE ROY.

Ce vol est trop borné, s'il ne va qu'à ma sœur,
Et cette mesme nuict vous en rend possesseur:

Ne me celez donc point si cette amour vous touche.

D. BERNARD.

Sire, au crime du cœur n'engagez point la bouche;
Puisque touts mes trauaux & futurs & passez.

LE ROY.

Vostre silence parle & me la nomme assez;
L'embrassit. *Oüy mon frere en son nom, ie reçoy vostre hommage.*

SCENE DERNIERE.

L'INFANTE, LE COMTE, LEONOR

LE SECRETAIRE d'vn costé.

LE ROY, D. BERNARD d'autre costé.

LE ROY à L'INFANTE.

Vn Amant se declare à qui ie vous engage,
Ses vœux (ma chere sœur) seront-ils reiettez?

L'INFANTE.

Non, si de Dom Bernard il a les qualitez;

LE ROY les faisant embrasser.

Il en a le nom mesme auecques le merite.

D. BERNARD.

O cher & doux transport que cet espoir m'excite!
Si l'heur que ie conçoy, n'est vne verité,
Plutost qu'vn si beau songe, oste moy la clarté.

LEONOR les voyants s'embrasser.

Que vois-je! ô iuste Ciel! quoy, Seigneur, la parole!
N'est-elle plus aux Rois, qu'vn songe, ou qu'vne Idole?
Ce matin quelque obiet qui ne pust enflammer,
Ne me deuoit couster qu'vn souhait à former;
Et cette offre ce soir, me laisse voir l'Infante,
Embrassant Dom Bernard, étouffer mon attente.

LE ROY.

Si ie manque à ma foy, c'est pour vous la donner,
Pour vous la tenir mieux, & pour vous couronner; L'embrassāt.
Pour accorder, Madame, à vostre amour extréme,
Cet heureux Dom Bernard en vn autre luy-méme;

Et sous vn nœud sacré sousmette en ce beau iour,
Les raisons de l'Estat à celles de l'amour.

LEONOR.

L'iniure qui d'vn Roy partage la puissance,
Et qui place en sō throne, est vne heureuse offence.

LE ROY.

Comme sur mon esprit, regnez sur mes Estats,
Allons... Mais quel écrit trouuay-je sous mes pas?

D. BERNARD.

D'vne vieille suiuante à ce Lope de Lune,
Dont la seule valeur égale l'infortune.
Ce prodige animé dont les gestes guerriers,
Vous ont couuert le front de vos plus beaux lauriers;
Et de son plus beau lustre embelly vostre regne,
Qui repoussa l'Infant, qui sousmit la Sardaigne,
Et dont la renommée auec tant de succés,
Dans vostre esprit encor n'a sçeu treuuer d'accés.

LE ROY.

Quel malheur l'a priué de ma recognoissance?

D. BERNARD.

Sa derniere infortune est encor son absence;

Car apres touts mes soings en vain officieux,
Vos longs rebuts enfin l'ont chassé de ces lieux.

LE ROY.

Moyennez son retour ; ma grace auec vsure,
Du merite ignoré reparera l'iniure ;
Puisque i'épreuue en vous qu'un Roy recognoissant,
A force de donner, en deuient plus puissant.

FIN.

Extraict du Priuilege du Roy.

PAR Grace & Priuilege du Roy, donné à Paris le 11. Mars 1647. Signé, Par le Roy en son Conseil, LE BRVN. Il est permis à ANTOINE DE SOMMAVILLE, Marchand Libraire à Paris, d'imprimer ou faire imprimer vne Comedie intitulée, *Dom Bernard de Cabrere*, & ce durant le temps & espace de cinq ans, à compter du iour que ledit Liure sera acheué d'imprimer. Et deffences à tous autres d'en vendre ny distribuer d'autre impression que de celle qu'aura fait ou fait faire ledit de Sommauille, à peine de cinq cens liures d'amende, ainsi qu'il est plus amplement porté dans les Lettres cy-dessus dattées.

Et ledit de Sommauille a associé audit Priuilege Toussaint Quinet, aussi Marchand Libraire à Paris, suiuant l'accord fait entr'eux.

Acheué d'imprimer pour la premiere fois, le vingt-vniesme iour d'Octobre 1647.

Les Exemplaires ont esté fournis.

www.ingramcontent.com/pod-product-compliance
Ingram Content Group UK Ltd.
Pitfield, Milton Keynes, MK11 3LW, UK
UKHW022113190726
13855UKWH00002B/818